L'*indé*FINIE

Jean-Pierre MONTAL

LA FACE NORD

Roman

SÉGUIER

Couverture
• Photographie de l'Empire State Building. © Radharc Images / Alamy / Photo12.
• Portrait de femme, Italie, 1966. © Mondadori Portfolio / Bridgeman Images.
• Conception graphique : Justine Dupré.

Maquette intérieure : Mina Perrichon / Moshi Moshi studio, Paris.

Mise en page : Nord Compo.

ISBN : 978-2-84049-993-0

N° d'édition : R49993/01

ISSN : 2606-5029

92, avenue de France – 75013 Paris
contact@editions-seguier.fr

Catalogue en ligne : www.editions-seguier.fr

S É G U I E R

éditeur de curiosités

Un scénariste avait toujours
ses meilleures idées au milieu de la nuit
et ne parvenait pas à s'en souvenir. (...)
Une nuit, il se réveille avec une idée
formidable, il l'écrit et se rendort très
content. Le matin, il prend le papier
et lit : un homme rencontre une femme.
— Alfred Hitchcock, entretiens
avec François Truffaut

Il ressent cette angoisse toute particulière
qu'il a éprouvée régulièrement avant
chacun de ses changements de vie.
Il se sent menacé d'un nouveau danger,
un danger qu'il a lui-même ardemment
désiré.
— Joseph Roth,
La Marche de Radetzky

Vieillir, c'est pas pour les mauviettes.
— Bette Davis

PREMIÈRE PARTIE

EMPRISE STATUE DINGUE

1

Je pleure au cinéma. Parfois pour pas grand-chose, une réplique ou une scène suffisent. Je ne crois pourtant pas être plus sensible que la moyenne ; je ne me suis jamais retrouvé en larmes dans un musée ou une salle de concert, encore moins à la fin d'un roman. J'ai même parfois du mal aux enterrements. Mais, terré dans la pénombre d'une salle, le téléphone en « mode avion », le regard rivé à l'écran... Disons pour faire court que les cartes sont redistribuées. Une région de mon cerveau prend le dessus sur les autres, les assiège puis les soumet à sa loi.

Aujourd'hui, je ne m'en cache plus, « j'assume », comme disent les hommes politiques pris la main dans le sac. Mais, pendant des années, surtout vers la vingtaine, lorsque l'on est convaincu que la valeur d'un caractère se mesure à sa dureté, j'ai eu recours à différents stratagèmes. Le plus efficace reposait sur ma mauvaise vue. À la fin de la séance, je frottais mes paupières. « Moins douze à gauche, moins huit à droite, hypersensibilité oculaire, quand la lumière revient d'un coup, ce sont les grandes eaux. » J'attendais quelques secondes, assis, les yeux fermés. La discussion roulait ensuite sur le débat opposant les lentilles de contact aux lunettes ou sur le film qui venait de se terminer. La stratégie de diversion avait fonctionné, je pouvais sortir la tête haute. Avec *Elle et lui*, c'était différent.

2

Je dis souvent que j'ai vu ce film « une dizaine de fois » mais, avec les années, cette formule toute faite doit être bien en dessous de la réalité. Ce n'est même pas l'une de ces œuvres fétiches découvertes à l'adolescence et qui accompagnent toute une vie. Non, ma première séance date de 2004, j'approchais des trente ans. Ce jour-là, mon alibi ophtalmologique n'aurait pas dupé grand monde. Heureusement, j'étais seul. Une fois dans la rue, les yeux encore humides, j'ai su sans le moindre doute que je venais de voir une perfection. « Le plus beau des plus beaux films du monde », comme l'a écrit un critique à propos d'une autre œuvre, mais je ne vais pas me gêner pour lui voler sa formule et rétablir la vérité. Ai-je compris pour autant que ces plans et ces dialogues ne me quitteraient plus jamais ? Je ne crois pas. Pas immédiatement.

Au fil des visionnages, chaque recoin de cette histoire m'est devenu familier : un homme et une femme se rencontrent lors d'une traversée en paquebot, chacun doit se marier à l'arrivée. Ils tombent amoureux l'un de l'autre et décident de se donner rendez-vous, six mois plus tard, le 1er juillet, à dix-sept heures, au cent deuxième étage de l'Empire State Building. Ainsi, ils auront pris le temps de s'interroger sur leurs sentiments, de rompre s'il le fallait et de trouver du travail – ils dépendent chacun à leur façon de leur futur conjoint. Le jour des retrouvailles sur le toit du gratte-ciel, la femme se fait renverser par une voiture dans la rue. L'homme n'en saura rien et attendra là-haut jusqu'à la nuit tombée avant de se rendre à ce qu'il croit être l'évidence : elle n'est pas venue, elle n'a trouvé ni l'élan ni le courage nécessaires… Peu importe, elle n'est pas venue. Chacun vivra avec ce souvenir du rendez-vous manqué, une douleur qui ne se mesure pas par son intensité, plutôt par sa persistance. Elle est toujours là. Elle stagne sous les différentes couches du quotidien, invisible, une nappe phréatique polluée par le chagrin. Il y aura des retrouvailles, heureuses mais voilées par ces mois de doute, de tristesse et de manque. « Heureuses mais… », ce serait la meilleure définition du film. Mélo mais… Comédie mais… Romantique mais… Ce « mais » universel qui parvient toujours à se glisser entre les rouages.

La moindre réplique rivalise avec les maximes des grands moralistes. On pourrait lire *Elle et lui*. On devrait. « C'est drôle, les choses qu'on préfère sont illégales, immorales ou font grossir »... difficile de faire mieux, non ? Un dialogue comme « Qu'est-ce qui rend la vie si difficile ? – Les gens, peut-être ? » vaut largement « L'enfer, c'est les autres » du père Sartre, sans se gargariser de grandes théories en « isme ». Et que dire de « Soyez heureuse, aucun garçon ne vous courtise, alors pas de mariage et pas d'enfants qui auront honte de vous » ? Peut-on décrire plus simplement le poids écrasant des responsabilités ? Peut-on pointer plus nettement l'absurde enchaînement d'engrenages qui conduit vers la vie d'adulte ?

J'ai d'abord cheminé à tâtons dans le film puis en habitué, entre son scénario et ses images. Il m'est arrivé de me rendre à une séance dans le simple but de retrouver les personnages, de passer une heure trente avec eux et de m'éviter un début de soirée trop solitaire ou, au contraire, un de ces dîners dans lesquels mon célibat fait tache. C'était le cas en février 2023. Séance de vingt heures, Filmothèque du Quartier latin, Paris, 5e arrondissement. La nuit précédente, une insomnie m'avait tenu éveillé. J'étais fatigué. Est-ce pour cette raison que le dialogue de la fin m'a touché d'une façon imprévue ? J'ai quitté mon fauteuil les yeux brillants, assommé par l'émotion et le manque de sommeil. Au moment de pousser la porte à battants, je me suis arrêté pour laisser passer devant moi une spectatrice emmitouflée dans un imperméable couleur mastic et une épaisse écharpe d'un bordeaux tirant sur le rouille. Elle était âgée et marchait avec prudence dans l'étroit passage délimité par les rangées de fauteuils rouges. L'espace de quelques secondes, elle m'a dévisagé avec un regard amusé.

3

Le lendemain, j'ai passé plusieurs heures à reformuler des avenants de contrat afin d'y incorporer des informations de plus en plus précises et insignifiantes. Cette brume administrative s'est épaissie au fil de la journée. En fin d'après-midi, j'ai claqué l'écran d'ordinateur sur le clavier. Pour dissiper cette torpeur, le plan s'est imposé avec évidence : un croque-monsieur au café Le Sorbon, puis *Elle et lui* à la séance de vingt heures. Les habitudes sont des alliées sûres.

4

Je garde un étrange souvenir de cette séance, comme si le film, à force d'être vu, connaissait mes faiblesses et en jouait. J'étais persuadé qu'à un moment, sur le pont du paquebot, Cary Grant se penche pour embrasser la nuque de Deborah Kerr. J'aurais même pu décrire la scène. C'était d'ailleurs le geste parfait au moment parfait, le juste dosage entre la discrétion que réclame leur situation (ils sont « pris » tous les deux) et l'audace qu'exige leur histoire naissante. Aurais-je eu cette présence d'esprit ? Je suis persuadé que non. J'aurais joué l'indifférence ou, au contraire, j'aurais voulu forcer le destin avec une déclaration trop appuyée. Réflexions totalement inutiles de toute façon, puisque ces plans étaient restés dans ma mémoire mais pas dans le film. Je les avais rêvés. Il y a bien le moment où Grant saisit la main de sa partenaire, quelques secondes chorégraphiées avec la minutie d'un ballet ; il remonte de deux marches dans l'escalier et l'embrasse hors champ comme, plus tard, l'accident au bas de l'Empire State Building sera lui aussi invisible pour le spectateur. Mais pas de baiser sur la nuque. Je suis sorti de la salle avec une impression de frustration, comme lorsque l'on feuillette un livre mal imprimé dans lequel il manque un chapitre.

« Vous aimez beaucoup ce film... »

La voix a ramené mon attention dans la rue Champollion. J'ai reconnu la laine bordeaux-rouille qui tranchait sur le beige du trench.

« Vous aussi, visiblement.

— Mais vous semblez moins ému qu'hier.

— Oui, je pleure au cinéma. Je sais, ce n'est pas brillant.

— Si on ne pleure pas pour *Elle et lui*... »

Sa main a amorcé un geste fataliste dans les airs avant de retomber le long de sa hanche. Elle portait une imposante bague noire qui semblait trop lourde pour ses doigts.

« Et puis, a-t-elle poursuivi, il vaut mieux pleurer pour des retrouvailles, une fin gaie.

— Pas totalement gaie non plus... »

Si nous avions été dans une comédie américaine, une « comédie mais... », j'aurais alors tendu ma main, « je m'appelle Pierre », et elle m'aurait répondu. Les présentations faites, la conversation aurait pu se poursuivre avec l'élan insufflé par cette légère intimité. Mais elle m'a dit qu'elle avait froid et qu'elle allait rentrer. J'ai alors remarqué la netteté de son profil, un nez droit et long, sans arrondis hésitants. Des yeux étirés s'arrimaient à ce pilier porteur ; leur périmètre semblait s'étendre encore à travers les deltas formés par les rides.

5

Certaines périodes de ma vie me font l'effet de ces morceaux de banquise qui se détachent pour flotter et se dissoudre au loin. Durant les trois mois qui ont suivi, j'ai bien dû travailler, sortir, participer à des dîners ; je me souviens d'un anniversaire dans le quartier du Châtelet. Mon amie Anne m'a également invité à voir quelques films récents et une exposition sur l'expressionnisme abstrait. Je ne connais pas grand-chose à la peinture mais ces tableaux m'ont semblé particulièrement débiles et complaisants. Un avis que j'ai gardé pour moi. Anne aime « me sortir », comme elle dit, « élargir mes horizons ». L'effort est admirable, surtout depuis que nous ne couchons plus ensemble. Combien de personnes se retrouvent dans ce genre d'impasse ? Quel pourcentage de Français se reprochent d'avoir confondu l'extrême complicité avec... autre chose ? L'enquête Ipsos serait instructive. Un soir, nous étions un peu ivres, j'ai demandé à Anne ce qui avait pu l'intéresser chez moi quelques années auparavant. Je sais bien que la fatuité suintait de cette question mais, vraiment, cela m'intriguait et l'alcool ouvrait la voie vers ce type de conversation. Je n'ai pas dit « plaire » mais « intéresser ». J'avais soupesé chaque mot malgré la boisson. Elle a fixé le feu rouge par la fenêtre du taxi et m'a répondu sans se tourner vers moi :

« Tu es le pire des séducteurs. Tu es incapable de draguer.

— Et ça, ça t'intéressait ?

— On ne se sent obligé à rien avec toi. »

Chaque année vers le mois d'avril, mon travail marque une pause de quinze jours à trois semaines. Les équipes commerciales organisent des déjeuners avec des clients, répondent à des appels d'offres, bref, s'activent pour faire signer des contrats qui repasseront par moi, mais plus tard, en mai ou juin. Avec l'expérience, j'ai échafaudé une théorie : tout le monde a envie de partir en vacances d'été l'esprit léger, ce qui justifie ce regain d'énergie du printemps. Dans la société occidentale du XXIe siècle, les congés et les loisirs qui y sont associés disent tout, expliquent tout, cartographient l'intégralité des souhaits et des désirs, forment l'horizon du genre humain, cristallisent les derniers élans qui peuvent conduire au dépassement de soi, et ce dans tous les milieux sociaux. *In Club Med we trust. In Center Parcs, in Abritel, in Airbnb too.* Fin de ma théorie.

J'ai profité du calme pour passer un week-end à Turin, avant de m'arrêter à Nice sur le chemin du retour, chez un ami d'enfance. D'ordinaire, je préfère Turin en hiver, quand il tombe des cordes, quand on se promène dans la ville en enchaînant les passages couverts, quand le moindre quidam dans mon genre prend, sous ces arcades sombres, des allures de conspirateur stendhalien. Je me souviens d'un week-end de 2016 au cours duquel j'avais pu voir *Elle et lui*, dans un magnifique cinéma, le Lux, logé au fond d'une galerie à l'exubérance typique du XIXe siècle. Cette année, pas de séance programmée. Mais la chance m'a souri lors de mon retour à Paris, sous la forme d'un cycle « Hollywood romantique » sans doute dicté par l'arrivée du printemps. J'étais heureux de retrouver ma ville, je me suis rendu à pied de mon appartement du 20e arrondissement jusqu'à la rue des Écoles pour la séance de dix-huit heures. J'avais mal calculé la distance et je suis arrivé avec quelques minutes de retard dans la salle déjà sombre.

Il s'agissait de la première version du film, tournée par Leo McCarey en 1939, avec Irene Dunne et Charles Boyer. Le réalisateur reviendra sur ce même scénario, dix-huit ans plus tard, pour un remake en couleurs avec Cary Grant et Deborah Kerr. On raconte que McCarey a voulu ainsi clamer haut et fort : « Vous voyez, je suis encore le meilleur ! » Je n'y crois pas du tout. À mon avis, il savait que cette histoire était indépassable, qu'elle contenait tout ce qui valait la peine d'être écrit et filmé.

Cette première mouture en noir et blanc est celle des cinéphiles. Je n'ai jamais pu déterminer quelle était ma préférée. La plus ancienne file sans aucun temps mort, avec un naturel que la vie elle-même lui envierait. Mais le Technicolor de la seconde sublime aussi bien la gaieté que le drame. Je ne sais pas pourquoi mais, lors de cette séance, j'ai été particulièrement ému par le moment où Charles Boyer refuse poliment une invitation pour le réveillon de Noël, marche seul sous la neige puis discute avec un passant ivre. Son mélange de mélancolie et de détermination m'a paru admirable. C'est ainsi qu'il faudrait aborder tous les emmerdements de l'existence.

Avril régnait en maître dans la rue Champollion. La lumière de la fin de journée venait éclaircir les façades, un vent léger diluait la chaleur. Même les natures les plus insatisfaites auraient admis qu'elles se trouvaient au bon endroit au bon moment, que la vie donnait ici l'un de ses spectacles les plus aboutis. Après le film, je me suis installé dans la salle du Sorbon pour boire une bière. En me retournant pour faire signe au serveur, j'ai reconnu le nez droit, sans écharpe cette fois.

6

« Vous préférez quelle version ? » m'a demandé Florence.

Nous discutions depuis une bonne demi-heure. Les présentations avaient été faites. Je venais de commander un nouveau panaché pour elle et un autre demi pour moi.

« Franchement, je ne sais plus. Pendant longtemps, j'avais tranché, c'était celle avec Cary Grant mais, depuis deux ou trois ans, j'hésite. Le rythme de la première est si parfait. Et Charles Boyer est moins sûr de lui, plus touchant.

— Oui, on se dit que Cary Grant s'en sortira toujours. Mais c'est aussi l'un des points forts de la seconde version. Même Cary Grant peut être dévasté par une passion, c'est rassurant. »

Elle portait une longue jupe crème avec un haut d'un vert très vif. Ces couleurs auraient dû se repousser comme deux ennemies jurées mais, liées par le teint pâle de sa peau et sa chevelure grise parsemée de châtain clair, l'harmonie se faisait. L'imposante bague noire surgissait parfois dans la conversation, quand Florence appuyait un argument d'un mouvement de la main. Le bijou me fixait alors, rond, immobile et bizarrement attentif, semblable à un œil d'animal marin.

« Pourquoi vous revoyez si souvent ce film ? »

La lumière dorée de la rue pénétrait par grands traits obliques dans le café. J'aurais pu dire la vérité. Ces confessions sans conséquence, faites à des inconnus, sont toujours plus faciles. J'aurais pu prononcer les mots si souvent contournés. Mais la politesse, la pudeur ou le conformisme, rayez la mention inutile, m'ont rattrapé. J'ai brodé sur l'âge d'or hollywoodien, son mélange d'efficacité et de sensibilité, de spectaculaire et d'intelligence ; j'ai fait le cinéphile.

Nous avons pris rendez-vous quatre jours plus tard pour voir ensemble la seconde version et, selon ses mots, « trancher une bonne fois pour toutes ».

7

« Pour une fois, le titre français est mieux. Vous ne trouvez pas ? »

Nous dînions, après la séance, à La Sirena, un restaurant italien situé quelques centaines de mètres plus bas, sur le boulevard Saint-Germain.

« J'aime quand les restaurants annoncent clairement la couleur, avait-elle précisé. Ici, ça fait pizzeria, on sait où nous sommes. Je ne connais rien de plus déprimant que le cadre anonyme des grandes tables. Manger ne devrait jamais être si sérieux. »

Le serveur a déposé l'huile piquante, une bouteille qui se terminait par l'arrondi d'un ballon de football et l'exclamation « *Viva Italia!* ».

« Oui, *Elle et lui*, c'est bien trouvé, ai-je répondu.

— Mieux que *An Affair to Remember*.

— Et surtout mieux que le titre de la première version : *A Love Affair*.

— En même temps, un titre aussi simple annonce l'essentiel : une histoire d'amour qui contient toutes les autres. Alors, vous avez tranché ? Première ou deuxième version ? C'est le jour du Jugement dernier.

— La première. Et vous ?

— Jamais je ne pourrai voter contre Cary Grant ! Jamais ! s'est-elle exclamée. C'est au-dessus de mes forces. Un choix de midinette, je sais, mais tant pis : la deuxième. »

Nous avons trinqué pour entériner notre désaccord. Un homme est entré dans le restaurant. Il était vêtu d'un gilet de chasse multipoche, ouvert sur un T-shirt arborant un portrait de Molière et le slogan « Molière mais bien dure demain ». Son regard triste, entre Droopy et un koala lassé de son tronc d'arbre, tranchait avec sa carrure et sa bedaine imposantes. Ce visage semblait contester le choix de cette tenue par le reste du corps. Le jeu de mots a fait son chemin dans mon crâne et j'ai croisé le regard rieur de Florence.

« Bel hommage.

— La postérité est cruelle, on n'est jamais sûr de rien.

— Mais peut-être que nous nous trompons totalement, peut-être que c'est un véritable connaisseur, a-t-elle dit un ton plus bas, en se penchant vers moi. Peut-être que cet homme est le Patrice Chéreau ouzbek ou moldave, qu'il pourrait nous réciter l'intégralité du *Misanthrope*.

— Vous imaginez vraiment Chéreau avec des T-shirts humoristiques ? “Chaque travail mérite sa bière”, ce genre de choses ?

— Je vois que monsieur est connaisseur… Et pourquoi pas ? Je serais peut-être allée voir ses pièces si j’avais su. »

La conversation s’est éloignée de la garde-robe de notre voisin. Florence m’a appris qu’elle était française (par sa mère) et anglaise (par son père), qu’elle avait travaillé comme professeure d’histoire dans plusieurs lycées et une université. Elle était veuve depuis neuf ans, « mais nous étions séparés depuis une quinzaine d’années, sans avoir divorcé ». Elle avait deux filles, l’une vivant à Marseille, l’autre à Londres.

« Et pourquoi *Elle et lui* ?

— L’élégance de Cary Grant, les tenues de Deborah Kerr… J’imagine que tout cela me rappelle mon enfance. Ma mère lui ressemblait légèrement et mon père avait un peu cette allure. J’idéalise sans doute mais, à mon âge, ce n’est pas rien, ce bain de jouvence. Et vous ? Ce n’est pas l’époque de vos parents, encore moins la vôtre. Quel âge avez-vous ?

— Quarante-huit ans.

— Alors, pourquoi ce film ? Vous avez fixé un rendez-vous au sommet de la tour Eiffel et elle n’est jamais venue ? »

Cette fois, je n'ai pas cherché à esquiver.

« Il y a des années, j'ai rencontré une femme. J'avais vingt-neuf ans. Je ne me suis pas très bien comporté avec elle. Disons que j'ai été inconséquent, négligent. Cruel sans vraiment le vouloir, mais cruel quand même. »

La bague noire sur la nappe en papier blanc ne me lâchait pas.

« Je ne lui ai pas fixé rendez-vous au cent deuxième étage, non. Mais un peu, d'une certaine façon. Je me suis convaincu que ce faux départ n'était qu'un chapitre de notre histoire, un passage obligé. J'étais persuadé que le destin s'arrangerait. Il fallait simplement accepter et attendre. Un jour, tout rentrerait dans l'ordre, mon inconséquence serait effacée. Deborah Kerr ou Irene Dunne éprouvent ce genre d'espoir irréaliste, je crois. Même le personnage masculin, d'ailleurs. Tous se disent que la vie va s'assembler autrement et en arriver à une autre conclusion, à leur insu.

— Et dans votre cas ?

— Il n'y a pas eu de retrouvailles au théâtre. Elle s'est mariée et a eu deux enfants. Elle a fait un choix clair, elle s'y est tenue et a sans doute eu raison. Mais il n'y a que dans *Elle et lui* que j'ai retrouvé très exactement ce sentiment d'espoir secret. De foi, en quelque sorte. On s'en remet à… autre chose. Dans le film, ils attendent un dénouement, autant, peut-être même plus encore, que le spectateur. Confusément, ils savent que ce n'est pas terminé. Ça ne peut pas en rester là. »

« *Arrivederci!* » a tonné le patron de la pizzeria en ouvrant la porte à un groupe de clients. Florence a refusé d'un sourire la carte des desserts. J'ai fait semblant de la consulter.

« Et vous espérez encore ? Vous attendez ?

— Non.

— Mais vous allez toujours au cinéma.

— Oui. »

Je me suis levé. Dans les toilettes, j'ai passé un peu d'eau sur mon visage avant de l'essuyer avec les serviettes en papier trop rigides du distributeur. À mon retour, la salle s'était vidée. Les serveurs du restaurant se tenaient le long des murs avec une immobilité d'échassiers au bord d'un étang. Il ne restait plus que Florence, la tête tournée vers le boulevard. C'est alors que j'ai remarqué sa nuque pour la première fois, une apostrophe nerveuse reliant les cheveux gris aux épaules fatiguées. C'est stupide à dire, mais cette nuque ne faisait pas son âge. Il y avait, dans ces quelques centimètres, un élan qui ne pouvait être que celui de Florence mariée, jeune mère et professeure, décidée à communiquer sa passion de l'histoire à des élèves somnolents. J'ai fait quelques pas dans sa direction. La peau de ses épaules, mouchetée de taches brunes, se plissait en plusieurs vagues de rides.

Le patron a éteint la radio pour nous donner le signal du départ. Seul le son des moteurs venu de la rue troublait la quiétude de la salle. Florence ne s'est pas retournée. Je me suis tenu un instant debout derrière elle, sans bouger, puis je suis revenu m'asseoir à ma place.

8

Nous avons dîné quatre fois ensemble durant les deux mois qui ont suivi. Plus besoin du prétexte d'une projection. Nous restions pourtant dans le même coin, proche des salles de cinéma, naviguant entre La Sirena, Le Sorbon et la brasserie Balzar, même si aucun de nous deux n'habitait le quartier. Un soir, nous avons décidé de nous retrouver au Rostand, quelques centaines de mètres plus haut, vers le jardin du Luxembourg. Florence s'est moquée de moi : « Mais c'est l'aventure aujourd'hui ! L'appel du large ! » Je me suis lancé dans un éloge des habitudes : quoi de plus admirable que l'exploration méticuleuse d'un sillon déjà arpenté ? Et quoi de plus stupide que l'émerveillement bovin face à la nouveauté ?

Elle m'a parlé de ses filles, de la vie à Londres, des différences entre les Français et les Anglais. « L'idée d'injustice ou d'inégalité n'existe pas vraiment pour eux. Ou plutôt, si, elle existe mais n'appelle aucune correction. C'est un fait, une donnée, comme la météo si vous voulez. On peut critiquer cette attitude, mais peut-être est-ce tout simplement de la sagesse, la certitude que l'on ne change jamais rien. Bien sûr, pour un Français, c'est inconcevable. Je vous sens déjà bouillir. »

Les heures passées avec Florence ont contredit l'une de mes convictions les plus enracinées : les gens ne font que répéter des opinions déjà lues ou entendues, dont ils ont pu mesurer la portée et la compatibilité avec leur vie sociale. Je n'échappe pas à ce syndrome du perroquet, d'ailleurs. Mais elle, si. Il lui était parfaitement étranger. J'ai mis du temps à comprendre que cette indépendance d'esprit – et l'effet qu'elle produisait sur moi – était sans aucun doute l'expression d'un trait de caractère mais aussi la conséquence de notre différence d'âge. Le temps dispensait Florence de certaines comédies.

Elle a évoqué son métier d'enseignante et son sujet de thèse : « Le camp d'internement construit sur l'île de Man par le gouvernement anglais, pendant la Seconde Guerre mondiale. C'était assez polémique à l'époque de mes études. Les Anglais préféraient oublier. » J'ai essayé de retrouver une étudiante sérieuse, décidée et opiniâtre dans le visage de cette femme. Ce n'était pas très difficile. Quand elle parlait de son passé, Florence renouait avec un premier degré juvénile. Sa voix montait d'un ton, ses mains gardaient leur calme et ses sourcils, généralement très mobiles, se figeaient en un léger froncement.

Je me rends compte aujourd'hui que nous ne sommes allés voir aucun autre film ; après tout, le cinéma nous avait réunis, nous aurions sans doute trouvé une séance à notre goût. Pas d'exposition ensemble non plus. Aucun concert. Nous avions ramené le monde à une échelle qui nous convenait : un film et son remake, quelques répliques, deux ou trois cafés répartis dans une poignée de rues. Il n'y avait plus qu'à se terrer entre ces points cardinaux connus de nous seuls. Des gens ont sans doute manifesté, protesté, voté au printemps 2023, d'autres ont dû accepter des récompenses, savourer des victoires, applaudir ou huer. Je n'en ai aucun souvenir. La rumeur du monde parvenait difficilement jusqu'à nous.

Nous parlions de nos dégoûts communs, d'amis que l'autre ne connaissait pas mais qui donnaient lieu à des conclusions générales sur l'existence. La discussion passait parfois par des temps morts qui ne gênaient personne. Ils offraient l'occasion de changer de sujet, de s'engager dans une voie plus intime.

Un soir, l'addition tardait à arriver, Florence regardait le garçon de café occupé à empiler les chaises, je lui ai alors demandé ce qui l'avait séduite chez son mari.

« Yves ? Son intensité. Deux idées par seconde et l'énergie de les mettre en œuvre. Le prototype du *self-made man* si vous voulez. Il avait commencé comme maçon, avant de recruter un, puis deux, puis trois cents maçons et de se lancer dans la promotion immobilière. Mon père était furieux quand nous avons annoncé notre mariage. Un type du bâtiment, un Français en plus. Les Françaises avaient un certain prestige à ses yeux, mais les Français… »

Et pourquoi s'en était-elle séparée ?

« Pour la même raison, l'intensité. Épuisée. Et j'avais de plus en plus l'impression d'être un projet de résidence parmi d'autres. En plus petit, plus *cosy* donc moins excitant pour un homme comme lui. »

Une autre fois, à la faveur d'un silence soudain après un passage très animé sur les bienfaits et les pièges de l'ambition, elle est revenue sur l'histoire que j'avais racontée à la pizzeria.

« Cette femme que vous avez voulu attendre… Pourquoi elle ?

— Nous allions très bien ensemble. Des inconnus, des garçons de café, des commerçants nous le disaient très souvent.

— Et ?

— Et voilà. C'est tout. »

Nous attendions le passage d'un taxi en bordure de boulevard quand Florence m'a annoncé qu'elle partait bientôt pour deux semaines chez sa fille, à Londres. Ce qui aurait dû glisser comme une information parmi d'autres s'est pourtant figé en moi quelques secondes.

Le taxi est arrivé et j'ai ouvert la portière arrière. Florence est descendue du trottoir avec précaution, en prenant appui sur le toit de la voiture, et m'a tourné le dos. C'est là que j'ai embrassé sa nuque découverte par un chignon. « Le chignon n'a rien d'une coquetterie chez moi, je le fais quand j'ai les cheveux trop sales. » La franchise de cette phrase m'avait amusé pendant notre dîner. Mais je n'y ai pas pensé au moment où mes lèvres ont rencontré la peau de son cou. Je n'ai pensé à rien, d'ailleurs. Je me suis baissé, je l'ai embrassée puis j'ai fermé la portière. Elle m'a regardé, sans sourire, sans paraître non plus furieuse ou embarrassée, et a collé sa main contre la vitre, au niveau de la mienne. La voiture a démarré puis s'est brutalement arrêtée une cinquantaine de mètres plus loin. J'ai couru pour la rejoindre.

9

Il y a un trouble inexplicable à caresser une peau beaucoup plus âgée que la sienne. Je sais ce qu'un psychanalyste en dirait et je sais aussi qu'il aurait tort.

Cette peau ridée et distendue était en avance sur moi. Elle en savait plus que moi. Cette peau m'intimidait.

10

Plusieurs mails sont arrivés de Londres, les semaines suivantes. L'un d'entre eux était accompagné d'une photographie de *beans*, ces haricots blancs baignant dans une sauce tomate orange. Florence m'avait confié qu'elle ne pourrait jamais abandonner l'Angleterre, ne serait-ce que pour ce plat de barbares, irrésistible selon elle. La photo était accompagnée de quelques lignes : « C'est drôle, les choses qu'on préfère sont illégales, immorales ou font grossir. »

Les nerfs agacés par le manque et l'envie de la revoir, j'aurais voulu répondre « nous allons vers une mer agitée », autre réplique de notre film fétiche, mais ce n'était pas le bon registre : ne sois pas trop mélo, ou alors « mélo mais… », n'abats pas tes cartes en premier, et puis cette femme a au moins vingt-cinq ans de plus que toi… La raison éprouve toujours le besoin de sortir l'arsenal au grand complet. Sans doute est-ce pour cela qu'on l'écoute moins souvent que le vice ou la passion. Elle finit par lasser avec ses grands airs.

J'ai répondu que ces *beans* auraient dû être illégaux, étaient sans aucun doute immoraux et faisaient grossir des générations de Cockneys depuis près d'un siècle. Un autre message avec un mug à l'effigie de Charles III en pièce jointe m'a offert le rôle pratique du Français régicide.

Dans le mail suivant, Florence m'expliquait qu'elle trouvait sa fille très fatiguée et qu'elle allait rester un peu plus longtemps chez elle. Puis ce fut à mon tour d'annoncer un départ. Mon travail m'envoyait quinze jours en Allemagne, d'abord à Francfort, ensuite dans les bureaux de Düsseldorf et Stuttgart.

« Cher Pierre, après un tel périple, Paris aura tout d'une île grecque ! À très vite. »

11

Il fallait jouer serré. La réunion devait se terminer dans vingt minutes, juste après mon intervention pour présenter le bilan de ma mission en Allemagne. Je n'avais ensuite qu'une demi-heure pour rallier Le Champo et la séance de dix-neuf heures. Le risque venait des trentenaires de l'assistance. Poussés par ce mélange d'ambition et de soumission typique de leur âge, ils allaient vouloir poser des questions pour sortir du lot. La plus grosse menace émanait d'un certain Sylvain Bréchard au profil de rongeur. Il aurait été prêt à tout pour se faire remarquer des directeurs de *business units*. À la fin de ma présentation, je me suis tourné ostensiblement vers les grands chefs pour signifier que seules leurs interrogations comptaient. Du coin de l'œil, je voyais Bréchard bouillir, passer d'une fesse à l'autre sur sa chaise. Le patron du service « marchés émergents » a soulevé un point auquel j'ai répondu en commençant à ranger mes papiers. Le Sylvain remuait toujours, comme si on l'avait assis sur une plaque électrique. Quand l'Américain a conclu par « *Thank you, Pierre* », c'était gagné. Bréchard a tenté de m'attraper à la sortie de la salle, mais il m'a été facile de lui proposer d'en reparler le lendemain matin.

Depuis mon retour d'Allemagne, j'avais envoyé trois mails à Florence. Aucune réponse. Évidemment, elle avait le droit de ne pas consulter sa boîte, de penser à autre chose, d'avoir d'autres impératifs ou de décider de ne plus me revoir. Mais j'aurais préféré une explication claire. La publication d'un livre sur Cary Grant avait ramené *Elle et lui* à l'affiche pour un cycle consacré à l'acteur. Le taxi roulait vers le Quartier latin et je me berçais d'une illusion très commune : elle serait là, forcément, pour la simple et bonne raison que je le désirais. Durant la séance, je me suis retourné vers la porte de la salle à chaque entrée de retardataire. À la fin du film, j'ai regardé passer tous les spectateurs en me postant face à la sortie. Rien. Et pas plus de Florence au Sorbon ou à La Sirena. J'ai dîné ailleurs, près de la Seine, à la brasserie Les Deux Palais, en lisant le dépliant du cinéma présentant le cycle en cours. Une autre séance d'*Elle et lui* était programmée deux jours plus tard.

Pour cette projection, ma tactique s'est affinée. Je suis arrivé tôt mais entré en retard. Cela m'arrangeait : un spécialiste faisait une présentation du film et j'ai toujours détesté ce genre d'exercice. Peut-être par orgueil : qui pouvait se prétendre plus spécialiste que moi en la matière ? Florence à la rigueur, mais elle m'avait dit être

« vaccinée » contre les universitaires et les spécialistes. Elle proposait même d'obliger ses anciens collègues à changer deux ou trois fois de domaine dans leur carrière, pour ne jamais se spécialiser, justement. « Il faut toujours mettre à l'épreuve l'intelligence, sinon ce n'est que de l'accumulation de connaissances », disait-elle. Le souvenir de cette conversation a attisé mon envie de la revoir. Mais elle ne s'est pas montrée à cette séance non plus. Après le film, j'ai préféré rentrer chez moi plutôt que de dîner seul dans le quartier.

12

Pour l'été, mon objectif était clair et il n'avait pas varié depuis des années : passer le mois d'août à Paris. Ceux qui aiment cette ville connaissent ce miracle. L'explication démographique, la théorie de la cité vidée de ses habitants et rendue à ses vrais admirateurs, ne suffit pas à l'élucider. Cette ville et ce mois s'attendent toute l'année. Pour autant, le célibataire sans enfants doit rester vigilant. S'il n'y prend pas garde, il évitera de partir avec la foule de juillet, prendra racine en août dans la capitale et se jettera ainsi dans la gueule du terrible septembre, avec ses bords de mer dévolus aux jeunes couples sans enfant et aux retraités... Septembre broie le vacancier célibataire, le renvoie impitoyablement à sa solitude actuelle et future, à ce qu'il a raté et ce qui l'attend, à son passé décevant et son avenir douloureux. Septembre, c'est la mâchoire du temps assoiffée de chair fraîche. Méfiance !

Je suis donc parti quinze jours fin juillet, dans le sud de la France, où mon ami Louis avait loué une maison avec des amis. Anne y logeait déjà, j'arrivais donc en terrain connu. Sieste, piscine, poissons à la plancha, bouteilles de rosé alignées sur le sol de la cuisine comme autant de preuves versées au dossier du bon temps passé ensemble, opinions de plus en plus affûtées sur les différents stands du marché local, un ou deux musées, une tension sexuelle contenue dans les chambres de chacun... Bref, un été d'adulte, soumis à la plus dévastatrice des médiocrités : l'oisiveté en groupe. Mais c'était toujours mieux que le spectre terrifiant des vacances en septembre.

Un mardi, je débarrassais la table du dîner avec Louis. « C'est votre tour, les garçons ! » avait clamé Julie, sa femme, en désignant une ardoise en plastique collée au frigo, avec ce ton à la fois enthousiaste et autoritaire des personnes élevées dans une famille nombreuse. Mon ami a sorti une bouteille d'eau-de-vie de prune pour adoucir la corvée.

« Tiens, ça ne te fera pas de mal. Au pire, ça te fera grossir, tu y perdras de ton charme légendaire.

— C'est ton but, éliminer les concurrents ?

— Exactement. Un par un. »

Nous avons stoppé l'empilement des assiettes pour trinquer. Nous n'étions plus que tous les deux dans la cuisine. Je suis sorti pour m'asseoir sur le muret en pierre de la terrasse. Les couverts tintaient en tombant dans le lave-vaisselle.

« C'est drôle, les choses qu'on préfère sont illégales, immorales ou font grossir.

— Qu'est-ce que tu as dit ? a demandé Louis en venant me rejoindre.

— Les choses qu'on préfère sont illégales, immorales ou font grossir.

— Immorales… comme tu y vas.

— J'exagère un peu, c'est vrai. Cette prune n'est pas moralement condamnable.

— Ça va en ce moment ?

— Très bien.

— Ça se voit… Qu'est-ce que ce serait si tu étais déprimé… Je peux te poser une question qui ne me regarde pas ?

— Ah, enfin de l'action !

— Pourquoi, Anne et toi, vous ne vous mettez pas ensemble ?

— Il y a eu un moment où c'était possible. Et c'est passé. J'ai le sentiment que nous sommes mieux comme ça, maintenant. Nous nous entendons parfaitement, elle sait qu'elle peut compter sur moi quoi qu'il arrive et elle ne me trouve pas le matin dans sa salle de bains, ce qui ajoute à mon charme. »

Louis déboucha de nouveau la bouteille pour rehausser le niveau de nos verres.

« Pas mal, cette discussion virile sous les étoiles. Il y a même encore une cigale. On dirait un film français, un “film de bande” comme on dit. Tu verrais qui pour jouer mon rôle ?

— Gérard Darmon.

— Enfoiré. Toi, je t’imagine bien en Clovis Cornillac.

— Je t’emmerde. Et tu es avec quelqu’un en ce moment ? a poursuivi Louis, imperturbable.

— Non. »

La lumière a disparu derrière les volets du premier étage puis sous la porte de la petite maison, au fond du jardin.

« Non, mais je pense à une femme, ai-je repris, ce qui, chez un type comme moi, est encore pire qu’une passion incontrôlable. Je n’ai pas beaucoup de barrières dans ce genre d’exercice.

— Qui est-ce ?

— Une femme rencontrée par hasard, au cinéma.

— Et le moment est passé aussi ?

— Je crois, oui. Nous n’avons plus vraiment de contacts. »

Des séances de cinéma, quelques dîners, un rapide baiser dans le cou, une nuit ensemble et une poignée de mails… Ma réponse à Louis aurait pu être plus précise : nous n’avions jamais eu beaucoup de contacts. Aucune espèce d’importance, d’ailleurs. Je n’en avais pas besoin pour penser à elle. Peu à peu, cette nuit d'été s'est laissée envahir par Florence, si présente dans mon esprit que je n'aurais pas été surpris de la voir s'installer à côté de nous. Elle était déjà là, en quelque sorte. Il me suffisait de ne plus lutter contre son souvenir pour la sentir physiquement à mes côtés. Peut-être était-ce ce que j'avais voulu dire par « je n'ai pas beaucoup de barrières ». Chez moi, le passage de la pensée à l'acte perd de sa charge, les deux se confondent vite. Autrement dit, je prends mes désirs pour des réalités. C'est charmant quand on a quatre ans et que l'on attend le passage du père Noël, beaucoup moins à cinquante.

« Elle a plus de soixante-dix ans », ai-je ajouté.

Mon ami a continué à scruter le ciel nocturne.

« Tu trouves ça ridicule ? Un peu triste même ?

— Je trouve surtout que tu cherches la difficulté. C'est déjà assez compliqué comme ça, et toi, tu choisis d'attaquer par la face nord… Pourquoi pas ? Après, je ne vois pas trop ce que je pourrais te dire de plus. J'ai décidé de chasser méthodiquement ce genre d'histoire de ma vie, Pierre. Éradication totale. Même quand on me présente une femme dans mon boulot, pour des raisons strictement professionnelles, sans aucune équivoque possible, même si elle ne me plaît absolument pas, je relève illico le pont-levis. Je prends ma voix des anniversaires d'enfant, quand les filles étaient petites, je peux même remonter jusqu'à l'époque "porte-bébé ventral", quand j'avais l'air d'un kangourou mal rasé : très gentil, très poli, toujours une petite plaisanterie bien fade à disposition... Je ne connais plus rien à la passion, Pierre, et c'est ma grande réussite, mon chef-d'œuvre ! Tomber amoureux aujourd'hui serait tout simplement un échec. "Si près du but, notre héros chute bêtement..." Être assis à côté de toi me fait presque peur, comme si tu étais porteur d'un virus, le patient zéro d'une pandémie. Alors, tu vois, mon avis ne te serait pas très utile. »

Nous avons vidé nos verres et terminé le rangement. Louis a fumé une dernière cigarette, seul sur la terrasse. Une fois dans ma chambre, j'ai consulté mon téléphone, laissé sur la table de nuit. Un SMS de Florence attendait. Le premier signe de vie depuis plus d'un mois.

« Bonsoir Pierre. Que faites-vous ? Je vous imagine mal en maillot de bain sur une plage avec un petit râteau à la main. Baisers, Florence. »

Elle avait écrit une heure plus tôt. Peut-être était-elle encore debout ? Il fallait rester dans le même registre que son SMS. Ne pas dramatiser, ne pas jouer l'indifférence non plus, raviver l'ancienne complicité.

« Bonsoir Florence, je suis sur le yacht *La Gabriella*, comme Cary Grant. »

Dix minutes de silence. Puis un tintement aigu.

« Ah ! Les folles nuits de *La Gabriella*. Heureux homme ! »

« Je viens de remplir un lave-vaisselle et de sortir les poubelles. La *dolce vita* ! »

« Comment allez-vous ? »

« Ça va. Et vous ? Où êtes-vous ? »

Des points de suspension apparaissaient et disparaissaient de mon écran. Nouveau tintement.

« Dans le sud de l'Angleterre, retour à Paris dans une semaine. »

« Moi aussi, dans dix jours à Paris. »

« Rendez-vous au sommet de l'emprise statue dingue ? »

« Bien trouvé, ce nouveau nom. »

« Empire State Building... Maudit correcteur automatique ! »

De nouveau les points de suspension fantômes.

« Vous m'avez manqué, Pierre. »

13

Le lendemain matin, ces vacances ont perdu leur lourdeur de figure imposée. J'ai même participé à une partie de Scrabble et à un match de water-polo. « C'est quoi la prochaine étape ? Tu fais du yoga avec Julie ? » a ironisé Anne, allongée au bord de la piscine, le visage dissimulé par de larges verres fumés et la couverture d'un livre américain clamant, avec une fierté enfantine, « Tiré d'une histoire vraie ! ».

Mon retour en train reste un souvenir étrange. Ce trajet de quelques heures a mêlé l'impatience d'arriver à cette sérénité fréquente lorsque l'on se tient assez longtemps en suspens entre deux lieux, sans terre ferme sous les pieds, sans décision à prendre, dans un repli du temps. Ma contemplation du paysage était entrecoupée par l'envoi de SMS à Florence.

Je crois qu'à ce moment-là j'aurais pu tirer quelques conclusions utiles pour la suite. Mais, sur le coup, j'en ai été incapable. Très vite, une fois à Paris, les SMS de Florence ne m'ont renvoyé que le terne reflet des miens : « Je pense à vous. » « Je pense à vous également. » « Impatient de vous retrouver. » « Moi aussi, Pierre. » J'avais l'impression de mendier ce qui était autrefois offert.

Chaque passion contient une part d'illusion sur soi-même comme sur l'autre, j'étais au courant, merci ; sans être Casanova ou Dominique Strauss-Kahn, je ne suis pas non plus un enfant de chœur. Mais je n'avais aucune envie de tomber sur le bois brut de la réalité. Le vernis me convenait très bien pour l'instant. Une illusion peut-être, mais une illusion vitale puisqu'elle attestait de ma présence sur Terre de façon bien plus probante que mon métier incompréhensible ou mes vacances avec des amis. Je me fourvoyais sans aucun doute mais j'existais, indéniablement. Et qui accepterait de ne plus exister soudain, au nom de la lucidité ? Qu'elle aille se faire voir, la lucidité, pour le peu qu'elle rapporte ! Est-ce que les réalistes meurent plus en paix que les dupes ? Ça reste à prouver. Quel temps on perd à se vouloir plus malin que les événements, à rechercher le coup d'avance comme des stratèges de jeu de rôles ! S'il suffisait de se mentir pour prolonger le sortilège, alors j'y allais gaiement, ce n'était pas si grave de se mentir. Ni immoral, ni illégal, ni particulièrement calorique.

Les jours suivants, Florence m'a expliqué qu'elle devait régler plusieurs questions pratiques depuis son retour en

France. Elle me manquait. Son absence s'était logée en moi, je pouvais en délimiter les contours, en mesurer la surface sans cesse grandissante. Alors, l'orgueil s'en est mêlé. Je n'allais tout de même pas la supplier. Après tout, c'était elle qui avait lancé la mécanique des retrouvailles. Toutes les deux heures, j'entamais mentalement la rédaction d'un SMS à la fois détaché, ironique, avec une ou deux formules bien senties, et me retenais d'envoyer le pitoyable résultat.

14

Mon téléphone a sonné et j'ai vu son prénom s'afficher. Il devait être neuf heures environ, je prenais un café en terrasse avant de me rendre au bureau.

« Bonjour, Florence.

— Bonjour.

— Vous allez bien ?

— Ça va, merci. »

« Plus l'entrée en matière est banale, plus la suite promet d'être raide », théorème sur les intermittences du cœur démontré par mes soins, *circa* 2023.

Florence abordait chaque syllabe avec une précaution peureuse, d'une voix sans gorge, un murmure trouvant la faille entre ses dents.

« J'ai hâte de vous voir », ai-je poursuivi.

C'était une frappe préventive ou une vengeance anticipée, une phrase prononcée dans le simple but de lui rendre la suite encore plus difficile.

« Pierre, j'ai eu tort de vous écrire la semaine dernière, quand vous étiez en vacances. J'en avais envie. J'ai beaucoup pensé à vous quand j'étais en Angleterre, vous m'avez manqué, c'est vrai, mais j'ai eu tort. Si je n'avais pas cédé, nous serions restés sur le premier silence, ce qui aurait été plus simple pour tous les deux, je pense. Vous aviez commencé à m'oublier ou vous vous y étiez décidé et moi aussi. J'ai ruiné nos efforts communs. Je m'en veux. Ne m'interrompez pas, s'il vous plaît !

— Je n'ai rien dit.

— Je n'ai pas osé vous revoir, ce ne serait pas une bonne idée. Avec l'âge, on redoute ces moments difficiles. Ça puise dans les réserves, c'est éreintant. Sortir de mon lit me demande déjà un effort, descendre un escalier inconnu réclame toute mon attention, alors m'engager dans une discussion délicate, vous pouvez imaginer... J'ai pensé vous écrire, mais j'aurais vraiment eu une impression de lâcheté. Il y a très longtemps, Pierre, que je n'avais pas ressenti ça, ce que j'éprouve pour vous. Ce naturel, cette... évidence. Je pourrais même vous donner une date précise, ce qui vous ferait une belle jambe, je m'en doute bien. »

Elle devait être dans un parc ou près d'une école. Des voix d'enfants prenaient parfois le dessus sur la sienne. Elle a repris, d'un ton plus tendu encore :

« Que voulez-vous, Pierre ? Devenir garde-malade ? Infirmier à domicile ? Je n'ai aucun droit de vous imposer ça. J'ai même le devoir de vous l'éviter. Et puis, je ne sais pas, je ne saurais pas... L'intimité serait impossible. Il y a un âge où ce n'est plus envisageable, l'intimité avec un inconnu, enfin avec une nouvelle personne. L'insouciance n'est pas une option dans notre cas. Nous n'y avons pas droit. Notre histoire serait forcément grave. Vous tenez vraiment à être la dernière histoire de quelqu'un ? La dernière, vous vous rendez compte ! Nous nous sommes connus à contretemps. Et vous le savez aussi bien que moi. Je pensais, j'espérais que vous alliez fuir. Cela aurait été plus simple pour tout le monde. Mais non, vous étiez là, comme si la situation ne posait aucun problème. C'est absurde. À cinquante ans, vous pouvez rencontrer une femme de votre âge ou plus jeune, peut-être même avoir des enfants, je n'en sais rien... Enfin, tout cela est encore possible. Moi, j'ai soixante-douze ans. Vous entendez ? Soixante-douze ! Quatre-vingts moins huit ! »

Sa voix s'était teintée de colère. Elle avait presque crié cette soustraction stupide.

« Vous êtes toujours là, Pierre ?

— Oui.

— Ça va ?

— Vous m'avez demandé de ne pas vous interrompre. C'était quoi, la date ?

— Pardon ?

— Vous avez dit tout à l'heure “je pourrais vous donner la date précise”.

— Je ne vois pas trop en quoi... C'était dans les années 1970.

— Vous avez dit “la date précise”.
— En 1974, si vous voulez tout savoir. »
Les voix d’enfants derrière elle avaient disparu.
« Où êtes-vous, Florence ?
— Non… Ne faites pas ça.
— Où êtes-vous ?
— Ce serait stupide et inutile. »

Une sirène de pompiers a couvert sa voix. Elle s’est interrompue puis a repris :

« Je viens de quitter le jardin du Luxembourg. »

Non, je n’allais pas courir vers le métro ou sauter dans un taxi. Qu’elle aille au diable avec ses soustractions de prof… J’ai revu le grand bassin central entouré de chaises vertes, les cours de tennis, le manège aux anneaux, puis le boulevard Saint-Michel, la place de la Sorbonne, l’entrée de la rue Champollion, la Filmothèque du Quartier latin et le cinéma Le Champo, la brasserie Le Balzar sur la droite, Le Sorbon de l’autre côté de la chaussée… Quelques pas encore le long du square, et c’était l’entrée de La Sirena, encadrée par deux porte-menu. J’ai revu ces lieux, très précisément, tous, en quelques secondes. Et j’ai souhaité leur perte, leur disparition, leur bombardement immédiat. Je me suis juré de ne plus jamais y remettre les pieds. Je me suis juré de les laisser tomber en décrépitude, pourrir jusqu’à l’état de misérables ruines, et j’ai raccroché.

DEUXIÈME PARTIE

VOIX OFF (REMAKE)

Il s'occupa.

Il connut l'ennui des halls d'aéroport, le cuir rassurant des taxis « business », l'excitation diffuse des réunions plénières et des annonces de résultats semestriels, la solitude hypnotique des chambres d'hôtel.

Il reprit ses habitudes.

Il multiplia les déjeuners et se rendit à d'autres séances de cinéma. Mais le souvenir des projections du précédent printemps lui en gâchait le plaisir ; et puis le trouble de la nuque dégagée, l'excitation née de l'alternance de confessions et de silences, tout cela refusait de le laisser en paix.

Des mois passèrent ; et il supportait le contraste entre la platitude des conversations et l'extrême nervosité de son cœur. Il en fut récompensé par une promotion. Noël prit le relais de la rentrée. Ses collègues se remirent à parler des offres promotionnelles de la SNCF et d'Air France. Un soir, il sortit plus tôt du bureau pour acheter un cadeau. C'était l'anniversaire d'Anne. Pourquoi pas un livre ? La table de la librairie semblait dérouler un menu sans fin de « témoignages puissants » et d'ouvrages « éblouissants » si l'on en croyait les bandeaux rouges. Une photographie de couverture retint son regard. La tenue de la jeune femme et les couleurs sépia évoquaient les années 1960 ou 1970. Ce visage… le nez droit comme une poutre… Il lut le nom au-dessus de l'image : Florence Wheeldon-Martel. Puis le titre : *L'Œil du passé*.

« En 1974 », disait la quatrième de couverture, « à Vienne, en Autriche, une jeune femme… »

Il sauta deux paragraphes.

« Un récit bref où chaque phrase est éclairée par un inquiétant soleil noir : celui du passé. »

Il évita la conclusion pour se reporter directement à la biographie de l'auteure.

« Florence Wheeldon-Martel a travaillé comme professeure d'histoire en France et en Angleterre. Elle signe, avec *L'Œil du passé*, son premier ouvrage, un récit inspiré d'un souvenir de jeunesse. »

Il prit le livre et se dirigea vers la caisse. Une fois dans la rue, il inventa une excuse par SMS pour reporter au lendemain le verre prévu avec Anne. Dans une rame de la ligne 11 du métro, une place se libéra sur une banquette. Il s'y glissa et commença sa lecture.

TROISIÈME PARTIE

L'ŒIL DU PASSÉ

En 1974, j'avais vingt-trois ans. Je l'écris pour fixer la chronologie de l'histoire qui va suivre mais peut-être aussi pour me trouver quelques circonstances atténuantes. En 1974, donc, j'étais une très jeune femme, sans grande expérience de quoi que ce soit. S'agit-il d'un alibi recevable ? Il a en tout cas le mérite d'être incontestable.

Martin et moi arrivâmes à Vienne à la fin du mois d'octobre. Je n'y étais jamais venue, lui non plus. Je me souviens avoir pensé avec grandiloquence que nous réparions une faute en organisant ce voyage. Nous avions tant lu sur cette ville depuis le début de nos études, tant parlé de son âge d'or… Il fallait bien s'y rendre un jour pour ne pas passer pour des imposteurs ou l'une de ces vieilles barbes qui reconstituent le monde, comme un puzzle « 1 000 pièces », depuis la bibliothèque de leur faculté. « L'histoire n'est pas une langue morte. L'histoire peut bousculer le présent et, de ce fait, l'avenir. L'histoire bouge encore, au milieu de nous tous, comme un courant plus frais dans un lac : on sent soudain son sillage glacé effleurer nos jambes. L'histoire est politique ! » C'était le genre de diatribe que l'on pouvait entendre dans mes conversations de l'époque, le plus souvent avec Martin. Nous étions d'accord sur tout, mais cela ne nous empêchait pas de revenir en permanence sur les mêmes sujets ; nous cherchions dans l'adhésion de l'autre, pourtant déjà acquise, un énième encouragement à aller plus loin, une exaltation venue de la certitude d'avoir raison puisque nous étions deux à le penser.

Je l'avais rencontré un an plus tôt à Londres dans un cours intitulé « Mouvements esthétiques de la Mitteleuropa, 1870-1939 ». Il étudiait la littérature et moi l'histoire contemporaine. Ce cursus, sans être obligatoire, venait compléter nos études respectives. Martin m'ouvrit la lourde porte de l'amphithéâtre, s'assit à mes côtés, se leva en même temps que moi, m'invita au pub le plus proche, me décrivit avec ironie ses parents commerçants à Manchester, m'embrassa, m'emmena dans sa chambre en sous-sol... Notre histoire me fait, aujourd'hui encore, l'effet d'un enchaînement écrit d'avance.

Deux mois après notre rencontre, nous commençâmes à planifier ce voyage en Autriche. Il fallut d'abord convaincre la direction de l'université et nos professeurs. Bien sûr, nous prîmes soin d'en parler séparément à nos enseignants pour ne pas donner l'impression d'une escapade amoureuse travestie en voyage d'études. Les deux versions étaient pourtant vraies. Nous voulions partir ensemble, laisser l'Angleterre derrière nous comme des amants en fuite, mais nous avions également un but sérieux, universitaire. Il se nommait Egon Dartmann.

* * *

Dans À marée basse, *son livre sur la fin de l'Empire austro-hongrois, Egon Dartmann se présente ainsi : « Je suis le produit d'une culture en bout de course, la modernité viennoise ; je suis une fin de série. » C'est à la fois très juste et sans appel, typique de son style. Jamais de flou chez lui, le couperet tombe à la fin des paragraphes pour éradiquer approximations et facilités ; ses phrases laissent dans l'esprit du lecteur un contour aussi net qu'une empreinte de pas dans la neige du matin. « Chaque mot doit appeler puis soutenir le suivant et le verbe vient visser l'ensemble. La vis doit être à peine visible : jamais de mots savants ou clinquants », écrit-il dans* Tarnopol retrouvée, *un étrange livre à mi-chemin entre l'essai historique et le manifeste artistique.*

Né en 1911, Egon Dartmann avait débuté comme architecte avant de bifurquer rapidement vers la littérature et des ouvrages critiques sur les grandes figures de la culture d'Europe centrale. Sa route avait croisé celles des romanciers Joseph Roth et Fred Uhlman, de l'architecte Adolf Loos, du pamphlétaire Karl Kraus. « Je vais parler à un homme qui a vu les dernières conférences de Karl Kraus ! De Karl

Kraus ! » s'exclama Martin au moins deux fois par heure pendant notre trajet vers la capitale autrichienne.

Loos, Uhlman, Kraus... Ces noms sont aujourd'hui perdus dans les limbes. Mais, en 1974, pour des étudiants comme nous, ils véhiculaient une charge électrique qui nous propulsait vers un monde englouti. Ils symbolisaient la vie de l'esprit portée à ébullition dans une Vienne entièrement dédiée à la pensée. Mieux : au progrès de la pensée ! Avec un homme comme Dartmann, trait d'union inespéré entre nos vies et nos sujets d'étude, s'ouvrait un passage secret vers cette époque fascinante.

Nous avions menti à nos professeurs en prétendant qu'il était d'accord pour nous recevoir. Egon Dartmann n'avait répondu à aucune de nos lettres envoyées chez son éditeur, mais nous étions persuadés qu'il nous ouvrirait sa porte, qu'il verrait dans notre arrivée l'occasion de transmettre le flambeau. Martin voulait lui parler de la « Vienne littéraire, invention et impasse de la modernité », son sujet de thèse, et moi, je désirais m'entretenir avec lui d'un moment plus précis de sa biographie. En 1940, il avait fui le nazisme et rallié l'Angleterre. Mais, à peine arrivé à Londres, il avait été emprisonné avec d'autres émigrés allemands, autrichiens et italiens sur l'île de Man, dans le camp de Hutchinson. Le gouvernement anglais redoutait l'entrée d'espions et d'activistes sur son territoire. Je tenais là un excellent sujet, je le savais. Il s'agissait de gratter une plaie anglaise soigneusement dissimulée sous les actes héroïques, sous le fameux « du sang, de la sueur et des larmes ». Et les ramifications pouvaient mener loin. J'étais lancée pour conclure par un parallèle avec la création des camps britanniques durant la guerre des Boers, en Afrique du Sud, en 1901. Existait-il ce que je nommais à l'époque un « inconscient concentrationnaire » dans l'histoire anglaise ? Ne devait-on pas ébranler la statue du peuple courageux sous les bombes pour faire éclater une vérité plus complexe ? « L'histoire est politique », il s'agissait de ne pas l'oublier !

Egon Dartmann ne s'était jamais réellement exprimé sur cette période passée derrière les barbelés de l'île de Man. En interview, il l'évacuait d'une formule : « J'y ai appris l'anglais et commencé à écrire mon premier livre. » Certains interprétaient ce laconisme comme de la pudeur ou de la discrétion, surtout chez un homme qui prenait soin de ne jamais évoquer sa vie personnelle. J'y décelais une part de dissimulation. Comment une intelligence aussi impitoyable que la sienne pouvait-elle esquiver une expérience aussi singulière ? Pourquoi avait-il choisi le silence ou l'ironie facile ? Je ne pouvais m'empêcher de penser que je débarquais au bon moment, que Dartmann se sentait prêt, avec l'âge, à aborder plus librement cet épisode.

Nous prîmes l'avion jusqu'à Munich avant de rallier Vienne par le train. Notre première soirée en Autriche mêla l'excitation et le sérieux. Martin avait dressé une liste de lieux et tenait à commencer par le Café Museum, celui de Karl Kraus, de Freud, de Klimt, puis à enchaîner avec le Griensteidl, repaire de Schnitzler et Zweig. Tel le croyant sur un lieu de pèlerinage, il pensait retrouver ici, à coup sûr, une émanation invisible des miracles passés. Après notre dîner dans une taverne, nous trouvâmes le chemin du bar américain conçu et décoré par Adolf Loos. Dans ce lieu minuscule où chaque table, chaque siège s'encastre avec la précision d'un mécanisme d'horlogerie, nous peaufinâmes notre plan d'attaque pour le lendemain. Egon Dartmann l'avait expliqué dans plusieurs interviews ou articles : il lisait la presse tous les jours, en fin de matinée, au Café Sperl de la Gumpendorfer Strasse. « Rituel viennois », disait-il. Nous devions donc l'aborder là. « Sans effusion, sans en rajouter surtout ! Il ne doit pas nous voir comme des groupies, précisa Martin, le regard fixe sous ses sourcils froncés, comme s'il voulait me rappeler à l'ordre. Nous devons tout de suite lui parler d'égal à égal. Respectueux, d'accord, mais pas obséquieux, ni bêtement admiratifs. »

* * *

« C'est un grand honneur pour nous d'être là avec vous ! Vos livres ont changé ma vie, Herr Dartmann. Vraiment. Ils ont ouvert une voie ! » Visiblement, la stratégie « d'égal

à égal » avait connu quelques ajustements durant la nuit. Martin continua à étaler son admiration et sa reconnaissance pendant dix bonnes minutes. Egon Dartmann l'écoutait sans un mot, pas même un hochement de tête. Il portait un costume gris anthracite sans cravate mais avec une pochette noire négligemment fourrée dans la poche de poitrine. Des boutons de manchette dorés constituaient la seule touche de couleur dans cette allure monolithique, renforcée par une morphologie solide, des épaules rondes et massives, des mains imposantes, posées à plat sur le journal ouvert face à lui. Martin finit par venir à bout de l'enthousiasme accumulé. Il y eut un silence à peine troublé par l'entrechoquement des boules d'ivoire sur les billards de la salle adjacente. « Merci », dit Dartmann après quelques secondes. Il n'était ni méprisant ni froid. Son remerciement me parut au contraire extrêmement sincère. Cet homme donnait l'impression de fuir l'exagération, de redouter le mot de trop. Sans doute se jugea-t-il un peu sec face à une entrée en matière aussi enflammée, et il ajouta : « C'est très gentil. » Puis rideau. À nous de parler si nous avions quelque chose à dire ou de partir si nous avions terminé. Je me lançai donc dans l'explication des buts de notre voyage et la présentation de nos deux thèses. De nouveau, il écouta sans prononcer une parole. Entre ses paupières supérieures lourdes et ses cernes lestés se nichait un regard scrutateur, preuve irréfutable de son attention. Les pupilles veillaient telles deux vigies dans ce visage indifférent. « Retrouvons-nous ici demain, si vous voulez. Dix heures ? Cela nous laissera un peu de temps. » Sans perdre en politesse, le ton de sa voix signifia néanmoins que le chapitre de cette matinée était clos. Nous le remerciâmes cinq ou six fois chacun avant de quitter le Sperl. Le reste de la journée fut consacré au commentaire de cette matinée, à l'expression de notre joie suivant une trilogie qui, de tout temps, a fait ses preuves : autosatisfaction, bière et sexe.

* * *

La première séance de travail fut calamiteuse. Martin monopolisa plus d'une heure pour aborder les fameuses interventions publiques de Karl Kraus, ces étranges prises de parole entre le théâtre et le pamphlet. « Combien en avez-vous vu ? » « À partir de quelle année ? » « Comment décririez-vous sa voix ? » « Y avait-il un plan précis ? » « Se levait-il ? Ou restait-il assis ? » « Le public participait-il ? » Dartmann répondait le plus précisément possible. Cette soif de détails semblait l'amuser. Certaines de ses réponses laissaient transparaître une ironie protectrice, presque amicale.

Je ne pus ensuite qu'entamer une conversation décousue à propos du camp de Hutchinson. Dartmann avait l'esprit ailleurs. Ses réponses devenaient de plus en plus évasives, brassant des lieux communs que j'avais déjà lus. À peine sortie du café, je mis les choses au clair avec Martin : il était hors de question que je tienne la chandelle pendant l'entretien. Ma thèse était aussi importante que la sienne, avec un sujet autrement plus délicat, qui ne se limitait pas à « étiez-vous debout ou assis ? ». Il encaissa cette dernière pique, hésita quelques secondes sur le ton de sa réplique puis opta pour la pacification. C'était dans sa nature : à quoi bon déclarer la guerre si un hochement de tête pouvait tout arranger ? Il me suffit, aujourd'hui encore, d'évoquer ce caractère passionné et pourtant conciliant pour ressentir de nouveau cette tendresse que je confondis à l'époque avec une histoire d'amour. J'avais vingt-trois ans.

Nous convînmes d'un nouveau mode opératoire. Il fallait agir séparément, un jour sur deux ; nous ne devions plus nous marcher sur les pieds. « Parfait, ça laisse le temps de mettre les notes au propre pendant que l'autre l'interviewe », conclut Martin. Le soir, le vin blanc autrichien vint remplacer la bière mais, hormis la carte des boissons, rien ne changea dans la trinité célébrant notre accord.

J'inaugurai notre nouveau rythme dès le lendemain matin, au Café Sperl, le crâne embué par une légère gueule de bois et l'estomac serré par le trac. Egon Dartmann ponctua mon explication d'un « très bien », parfaitement neutre.

« Je vous rassure, avec cette organisation, nous ne vous prendrons pas plus de temps. Au contraire.

— De toute façon, je n'ai pas énormément de choses à vous dire. Pour votre ami, c'est différent. Il veut connaître la couleur des costumes d'Adolf Loos ou la marque de cognac préférée de Roth. Il a un côté collectionneur et les collectionneurs ne s'arrêtent jamais, c'est même ce qui les tient en vie. »

Je me rends compte que ce genre de réponse peut paraître, à la lecture, ironique ou vaguement méprisante. Il n'en était rien, je crois. Mais si je choisissais d'autres mots, plus conciliants, des tournures adoucies, la trahison serait encore plus grande. « J'entends souvent dire que l'art de la conversation se perd », avait écrit Egon dans Vienne disparue, *un récit qui tentait de retrouver la ville d'avant-guerre sous celle de la fin des années 1960. « Le terme est mal choisi : la conversation existe toujours mais elle a grossi, perdu en agilité. Elle s'est alourdie sous le poids des états d'âme et des confidences, ces dernières ouvrant la voie aux grandes déclarations. La discussion, la vraie, celle qui peut imprimer un tournant décisif à une vie tout autant qu'à une œuvre, doit au contraire prendre racine dans le secret. Chaque être humain dissimule et refoule. C'est même l'un des murs porteurs de l'idée de civilisation. Le bavard est un barbare. Le dialogue véritable nous oblige à une double écoute : prendre connaissance des faits par les mots prononcés puis prêter l'oreille à leur écho silencieux pour en déceler l'intention, la volonté voilée, et entrer – si et uniquement si on le* désire *– dans la sphère* *de l'intimité. La véritable conversation est donc affaire de retenue et d'attention. »*

C'était sans doute l'exigence de cette double écoute qui rendait les échanges avec Dartmann si particuliers. L'impression d'avancer sur un faux plat, jamais éreinté mais jamais en roue libre non plus.

« Comment êtes-vous arrivé en Angleterre en 1940 ?

— À la fin de mes études d'architecture, j'ai commencé à travailler à Vienne vers 1935, 1936. Mon patron de l'époque était un pessimiste. C'est précieux, les pessimistes. Je parle des vrais : ceux qui annoncent le pire avec le même enthousiasme, la même conviction qu'un optimiste. Pour lui, aucun doute, l'Allemagne et l'Autriche allaient vers le pire, il le clamait haut et fort. Il y a des gens qui ont tout compris, très vite, comme lui ou Joseph Roth par exemple. Cet homme m'a donc trouvé une place chez l'un de ses amis français. À l'époque, le simple nom de Vienne valait pour curriculum vitæ *en architecture. Après deux années à Paris, j'ai voulu rentrer en Autriche, mais il m'a rapidement envoyé un télégramme : "Contacte mon ami Arthur Korn à Londres. Pas de sentimentalisme ou de mal du pays. Ce n'est plus la saison." "Plus la saison", je n'ai jamais oublié cette tournure… c'était bien trouvé, non ? Et pourtant, il n'avait rien d'un poète, croyez-moi. Mais le désastre l'inspirait. Je suis donc allé voir Korn en Angleterre.*

— En 1938. D'accord.

— Vous situez Arthur Korn ?

— Non.

— Il se retrouvera, lui aussi, sur l'île de Man quelque temps plus tard. Un immense talent, peu connu, proche du Bauhaus et de Walter Gropius. Il était né en Silésie, à l'extrême limite de l'Empire austro-hongrois, comme moi.

— Et comme Joseph Roth, justement.

— Roth venait de Galicie, une autre région, assez dure. C'est Arthur qui me l'a fait lire.

— Vous l'avez rencontré, je crois ?

— Attention, vous empiétez sur les plates-bandes de votre ami...

— Je compte sur votre discrétion. »

Le Sperl s'était vidé des habitués du matin qui, pour la plupart, revenaient vers dix-sept heures. Un vieil homme classait des timbres dans un album. Il avait posé son chocolat sur la table d'à côté, pour éviter de le renverser sur sa collection. Egon le salua d'un geste de la main qui reçut un hochement de tête en retour. Au fond de la salle, deux jeunes types aux cheveux longs commençaient une partie de billard silencieuse.

« Non, je n'ai jamais rencontré Joseph Roth. Un journaliste anglais l'a écrit, mais c'est faux. J'aurais pu, à Paris, quand il habitait à l'hôtel, rue de Tournon, mais non... Votre ami va être déçu, je crois.

— Tant pis pour lui.

— Je pourrais lui mentir et vous dire la vérité. Ce serait une autre répartition des tâches. La légende et la réalité. »

Notre entretien dura encore une bonne heure. L'après-midi, je recopiai mes notes au propre dans ma chambre, surtout la fin de la conversation, où mon attention avait faibli :

> *Arrivée à Londres fin 1938. Dartmann travaille pour Arthur Korn (vérifier nom et orthographe dans la liste du camp). Affluence de plus en plus importante de Juifs venus d'Allemagne ou d'Autriche et d'opposants politiques d'Italie. Rumeurs de contrôles policiers, de restrictions, d'emprisonnement. Mais impossible d'y croire : « Pas en Angleterre, c'est inimaginable », dit Korn qui travaille à Londres depuis plus longtemps.*
>
> *Egon retenu dans la prison de Pentonville à Londres pendant trois jours. Puis en juillet, transfert dans le camp de Hutchinson. Arrivées constantes. Fin juillet : plus de mille hommes. Tous les âges. Quelques rares adolescents de seize ou dix-sept ans. Peu de place : quarante maisons en tout. Obligation de partager des lits.*
>
> *Citation d'Arthur Koestler par Dartmann : « Si je devais écrire un guide des prisons, je donnerais*

trois étoiles à Pentonville. » N.B. : Se méfier de ce type d'ironie ! Piège !

Le lendemain, c'était au tour de Martin. Je perdis mon temps entre quelques librairies et plusieurs pâtisseries. La journée me parut longue.

* * *

« Vous donnait-on des explications ? La durée de la réclusion, par exemple ? Ses motifs ?

— Le motif, nous le connaissions : potentiels ennemis de l'Angleterre. Raison d'État.

— Vous l'avait-on dit aussi clairement ?

— Oui. »

Cet entretien était plus délicat. Je le savais en entrant au Sperl. Nous devions progresser et arriver au cœur du sujet : les conditions de détention, la vie quotidienne au sein du camp. J'avais prévu un enchaînement de questions qui se voulait progressif. Mais, face à Egon, j'en mesurais l'inutilité. Si l'histoire finit souvent en névrose, l'historien n'est pas un psychanalyste pour autant. Un interrogatoire plus brutal et plus franc m'aurait évité ce démarrage poussif. Je ne le savais pas encore. Je manquais de métier.

« Que ressentiez-vous ? De la colère, de la peur...

— De la colère sans doute, oui. Mais, assez vite, la vie du camp s'est organisée. Il n'y avait essentiellement que des peintres, des écrivains, des journalistes, des acteurs, des architectes... Le naturel a repris le dessus. Feuchtwang et Dittmar ont eu l'idée du journal du camp. On a annoncé quelques conférences et des lectures. C'est plus tard que sont venus les pièces de théâtre et les concerts. Vous avez entendu parler des Daniel, j'imagine ?

— Hubert Daniel et sa femme, Marjery, oui.

— Elle aimait la peinture, elle peignait elle-même. Pas très bien. Mais tous deux ont compris que nous n'étions pas des clients habituels. Ils nous ont laissé organiser cette vie de l'esprit. Il devait y avoir sur cette île plus d'idées à la minute que dans tout Vienne ou tout Paris. »

Nous y étions. Je connaissais bien sûr l'histoire du « camp des artistes », du couple Daniel, les dirigeants de Hutchinson, matons en chef et amis des arts. Je savais pour les conférences et les ateliers de peintres, j'avais même tenu plusieurs exemplaires du journal entre mes mains. Mais, même si ces faits étaient incontestables, ils me semblaient mis en avant pour voiler la véritable responsabilité du gouvernement britannique. Avec ce type de discours, le camp d'internement de réfugiés politiques devenait une charmante université d'été ou un summer camp. *Que les anciens prisonniers accréditent cette thèse ne m'étonnait pas. Il était logique pour eux de s'accorder sur une version officielle sans mensonge ni drame. Et puis certains allaient connaître bien plus atroce que le camp de l'île de Man dans les années suivantes, j'en étais évidemment consciente. Mais la page Hutchinson ne pouvait pas être tournée aussi rapidement. Au moins devait-elle être écrite d'abord.*

« Mais vous, que faisiez-vous ? repris-je.

— J'apprenais l'anglais. »

Je laissai échapper un rire bref dont la note la plus aiguë trahit mon exaspération.

« C'est vrai, mademoiselle. J'ai appris là-bas l'anglais que je vous parle aujourd'hui.

— Vous auriez pu l'apprendre tout aussi bien en travaillant comme architecte, à Londres. Pas besoin de vous enfermer pour cela. »

Egon Dartmann me fixa en silence. Je m'efforçai de ne pas lâcher ses pupilles flottant au-dessus des cernes.

« Vous avez raison, je n'ai pas fait qu'apprendre l'anglais. J'ai lu aussi. Beaucoup. En regardant la mer d'Irlande.

— Derrière des barbelés.

— Derrière des barbelés, en effet. »

Le blocage que j'espérais éviter avait lieu. Dartmann buvait son café en silence ; il adressait parfois un signe de tête à une table voisine. Je ne voyais pas comment relancer l'entretien. Insister sur le même ton ? Tenter une diversion qui ne tromperait pas cet homme ? Poser des questions sur ses codétenus ?

« Vous n'en avez pas assez de ce café ? dit-il soudain. Marchons un peu. Vous êtes jeune, vous avez encore une assez bonne mémoire pour vous passer de notes. Et si, par miracle, je profère une parole historique, vous pourrez toujours sortir votre carnet. Allons-y ! »

Il portait un manteau bleu marine à boutonnage croisé et moi une longue veste en laine taillée dans un patchwork d'orange et de rouge. Sur le trottoir, nous devions évoquer deux figurants sortis de deux films différents.

« Marchons vers le Spittelberg. Vous n'avez pas dû beaucoup visiter ce quartier. »

Son allure rapide me surprit. J'accélérai pour revenir à son niveau et l'entendre poursuivre.

« Ce coin n'a pas la cote dans les guides. Ces petits immeubles, ces ruelles sombres... c'est du pur Biedermeier, du pur style bourgeois, les maisons des Viennois de 1820-1830, sans véritables idéaux, repliés sur leur intérieur, leur mobilier, la musique de chambre et la poésie galante. La municipalité aimerait les oublier. Il suffit de regarder autour de soi. Je me demande jusqu'où ils vont laisser progresser la décrépitude de ces immeubles ! »

Quand il s'emportait, l'accent autrichien resurgissait dans son anglais impeccable. La ville autour de nous avait en effet changé. Les grands bras sombres d'Egon désignaient, avec la nervosité de pattes d'araignée, des façades fissurées et ternes, des boutiques poussiéreuses.

« Mais des gens ont habité, mangé, aimé ici ! On ne réécrit pas l'histoire en détruisant quelques bâtiments. On ne peut pas aller contre ce qu'ont vécu les hommes. Ah ! Regardez ! Ça, c'est très beau ! »

Il s'était arrêté si brusquement que je dus revenir sur mes pas pour le rejoindre devant la vitrine d'un brocanteur. Au milieu d'un amas de vases, de tableaux, de couverts en argent, Dartmann désigna un coffret émaillé contenant trois bagues.

« Vous voyez la noire, au milieu. »

C'était un modèle imposant, une demi-sphère sombre faite de nuances de noir et de brun, montée sur un anneau d'argent.

« On dirait qu'elle nous observe.

— Mais elle le fait, c'est un œil. Un œil de verre, sans doute prélevé sur un bovin du Tyrol. Ça se faisait beaucoup. »

Je fixai le bijou, à la fois dégoûtée et fascinée.

« Il nous observe. C'est l'œil du passé, l'œil mort du passé », ajouta Egon.

Il reprit sa marche plus lentement dans des ruelles déjà sombres malgré l'heure. Il devait être environ midi.

« Vous avez faim ? demanda-t-il.

— Non.

— Moi non plus. Reposez-moi votre question.

— Laquelle ?

— Votre question sur mes impressions en arrivant à Hutchinson. La colère, la peur… »

Je repris mes mots comme une marionnette de ventriloque.

« De la colère sans doute mais surtout de l'humiliation. Nous étions tous des intellectuels, pour le dire rapidement. Des intellectuels européens. Comment un gouvernement pouvait-il nous traiter ainsi ? Nous soupçonner ? Nous y avons vu un crime contre l'esprit. C'était un sentiment partagé par une majorité de prisonniers. Et une erreur très européenne, parfaitement viennoise.

— Pourquoi une erreur ?

— Cette croyance dans le savoir, les arts, la culture… Pour nous, c'était une protection, presque un titre de séjour. Quelle… naïveté ! Quelle bêtise ! Tout allait être laminé. »

Son pas ralentit encore. Nous frôlions l'immobilité sans nous y résoudre. Tant que nous avancions, même de quelques centimètres, nous pouvions encore prétendre à une banale promenade, rien de bien sérieux, de personnel.

« À Hutchinson, je me souviens avoir éprouvé un autre sentiment, après quelques jours, quand j'ai compris que nous étions nombreux. C'est difficile à expliquer. »

Il s'arrêta et se tourna vers moi.

« Arthur Koestler en a parlé dans un livre de souvenirs, je crois, ou dans un entretien. Je me suis senti rassuré. Pas rassuré d'être parqué derrière des barbelés, cela n'a rien de

particulièrement apaisant, je vous l'assure. Mais il faut comprendre que, pour beaucoup d'entre nous, la crainte des contrôles, des persécutions, l'obligation à l'exil étaient une peur individuelle. Nous devions nous démener, seuls, pour sauver notre peau. Et là, soudain, cette frayeur devenait collective. Nous subissions en groupe, ce qui est très différent. Ceux qui étaient restés en Allemagne ou en Autriche nous auraient sans aucun doute détestés de penser ça. Mais, après des années à l'étranger, se retrouver tous dans ce camp, frappés par le même mal, la même suspicion, c'était… oui, c'était rassurant, je ne vois pas d'autre mot. Il faudrait retrouver le passage de Koestler, il doit le dire mieux que moi. »

Quelques passants nous contournaient, mettant un pied sur la chaussée pour poursuivre ensuite leur chemin sur le trottoir.

« Vous ne saisissez sans doute pas, Florence, mais il faut essayer. Revenez demain.

— Mais, demain, c'est Martin qui…

— Dites-lui que je lui accorderai plus de temps après, qu'il ne s'inquiète pas. »

Il me tendit la main et retint la mienne quelques secondes sans la serrer.

* * *

L'entretien suivant débuta différemment. La nuit avait affermi mes convictions. Je devais être plus directe. Je commençai donc par interroger Egon sur l'emploi du temps d'une journée type à Hutchinson puis sur son implication dans la fameuse vie culturelle du camp.

« J'assistais à des conférences et à des concerts. Je me suis mis à écrire dans le journal.

— Vous écriviez sur les conditions de détention ? La politique ?

— Non, répondit-il en souriant. Sur mes lectures, sur les peintres qui travaillaient dans certains baraquements. Ils peignaient parfois sur le lino arraché.

— Oui, je sais. Je connais... »

J'allais dire « je connais cette histoire » mais parvins à m'arrêter à temps. Dartmann commanda deux parts de gâteau au chocolat sans me demander mon avis et me sourit.

« Votre ami n'était pas trop fâché de vous céder sa place au guichet ?

— Un peu.

— Vous vous êtes disputés ?

— Non. Ça allait.

— Vous êtes en couple ?

— Oui.

— C'est difficile de travailler à deux, non ?

— Ça va. Nos sujets sont très différents. »

Je cherchai comment ramener la conversation vers l'île de Man avant d'admettre que je n'en avais aucune envie. Au contraire, je souhaitais avec une excitation inquiète que la discussion s'en éloignât le plus possible. Mais Egon s'arrêta là. Le silence revint. Je peux désormais comprendre ce qu'il dut ressentir. L'attirance entre nous était un fait qu'il mettait en balance avec d'autres : la différence d'âge, Martin, la différence d'âge, le retour en Angleterre, la différence d'âge... La situation n'avait rien de brillant à ses yeux ; il hésitait sans doute à y ajouter le faible grammage de médiocrité et de comédie que contient toute séduction.

Il s'excusa et s'absenta quelques secondes. Mon visage dans le miroir me surprit. Je m'activai pour arranger ces cheveux gras et ce reflet de souillon avec un chignon rapidement noué. Je vis sa silhouette revenir du fond de la salle vers notre table et ne pus m'empêcher de fermer les yeux. Il s'immobilisa à ma hauteur sans s'asseoir. Je le découvris debout, sur ma gauche, son manteau sombre replié sur son avant-bras. Il m'attendait. Dans la rue, il saisit ma main ballante, la porta à ses lèvres et en embrassa la paume. Ses doigts encerclèrent doucement mon poignet et nous prîmes de nouveau le chemin du Spittelberg.

* * *

Il devait être dix-huit heures environ. Il fallait que je parte. Dans la cuisine, Egon ouvrait et fermait des tiroirs. Il revint dans la chambre avec deux verres de vin blanc que nous bûmes en silence, dans le lit, lui en pantalon et chemise déboutonnée et moi encore nue sous les draps propres et rêches. La scène me paraissait étrangement familière. Pourtant, nous avions passé peu de temps ensemble. Nous ne nous connaissions pas. Mais ces réflexions ne valent rien : quand une évidence flotte, en suspension, elle finit quoi qu'il arrive par se faire une place dans la réalité, avec la brutalité nécessaire.

Egon caressa ma nuque, du bout des doigts, sans parler. Je sus que je voulais vivre ainsi, prisonnière de l'ensemble de ces sensations, de cette lumière filtrée par les épais rideaux de velours. Il ne me paraissait pas urgent d'échafauder un mensonge pour Martin. Je ne dirais rien. S'il me posait des questions, je répondrais, et s'il devinait, j'admettrais. On verrait bien.

« Je vais y aller, murmurai-je sans conviction. Je dis à Martin de venir demain et après-demain ?

— Non. Demain, c'est impossible. »

Egon parlait sans se tourner vers moi, le regard perdu entre son bureau et une commode Art déco à la marqueterie géométrique.

« À cause de nous ?

— Non. Aucun jeudi. Je suis pris. J'ai oublié de vous le dire au début.

— Tu es membre d'une sorte de club chestertonien ? Le club des fans du Nommé Jeudi *? Se réunissant tous les jeudis dans une pièce sombre ?*

— En quelque sorte », répondit Egon sur un ton égal, sans s'adapter à ma plaisanterie.

Il se leva pour aller chercher la bouteille de vin et remplir nos deux verres. Le mobilier de la chambre était un précipité de culture viennoise. Les lignes droites de l'Art déco y dominaient mais elles étaient régulièrement troublées par les courbes florales de l'Art nouveau, le plus souvent sur des chaises ou des lampes. Deux toiles en équilibre entre le figuratif et l'abstrait étaient accrochées au-dessus de la commode. Un visage de femme y apparaissait avant de se dissoudre en lignes diffuses. Je me risquai un bref instant hors du lit pour déchiffrer la signature et crus lire « Dartmann ».

« C'est de qui ? »

À son tour, Egon fixa les tableaux accrochés au mur.

« Ma femme, dit-il après quelques secondes de silence.

— Elle est peintre ? »

Je tentai de poursuivre sur le ton le plus neutre possible malgré l'irruption d'une épouse au beau milieu de cette chambre.

« Elle est morte. Elle a essayé de peindre pendant quelques années. »

Il se leva pour rejoindre la salle de bains adjacente. Le robinet qui grince, la tuyauterie plaintive, l'eau sur la faïence. J'en profitai pour passer mon jean et mon pull. Egon revint en essuyant son visage avec une serviette qu'il jeta ensuite sur le sol, près de la baignoire.

« Je vais y aller, dis-je.

— Ma femme... »

Il marqua une pause, un blanc lisse, dénué d'émotion.

« Reste un peu. Ma femme est d'une certaine façon liée à ton travail. En tout cas, c'est un chapitre qui pourrait t'être utile. »

* * *

« J'ai connu Friedl en 1948, lors de mon retour en Autriche. Elle avait quatorze ans de moins que moi. Avant la guerre, elle était trop jeune pour partir comme je l'ai fait, on n'aurait jamais laissé une jeune fille boucler sa valise pour aller seule en France ou en Angleterre. Il aurait fallu que toute sa famille décide d'émigrer mais, comme beaucoup, ils ont cru que le régime nazi n'irait pas jusqu'au bout de sa politique, ou alors ils se sont dit qu'il allait s'effondrer avant. Ou, tout simplement, ils ne voulaient pas partir. Friedl a vécu le début de la guerre à Vienne. Mais, à partir de 1940,

ses parents ont réussi à la cacher chez des amis dans une ferme du Tyrol. Son père a été arrêté puis déporté. Sa mère a ensuite voulu retrouver sa sœur, la tante de Friedl, et a été raflée à Vienne. Friedl a passé la fin de la guerre sans savoir ce qui était exactement arrivé à ses parents. Elle est revenue ici en 1945, avec une autre fille qui s'était cachée dans la même ferme. La guerre était finie. Elle était orpheline.

« Je l'ai rencontrée dans un café. Vienne était séparée en quatre secteurs à cette époque, comme Berlin. Ça n'allait pas durer, les Russes se sont battus pour conserver Berlin mais pas une ville comme Vienne. J'ai toujours su que les communistes n'étaient pas assez fins pour comprendre la cité de Freud. Il y avait une incompatibilité profonde. Cela faisait beaucoup rire Friedl. "Ce sont des ploucs, ne t'inquiète pas, ma chérie." J'avais raison, ils ont construit un mur à Berlin, défiguré l'Europe, géographiquement et même intellectuellement, mais ils n'ont rien compris à Vienne. Ils nous ont foutu la paix. Friedl vivait dans un studio, j'ai commencé par loger à l'hôtel puis nous avons habité ensemble.

« J'aurais du mal à te décrire son charme si particulier. C'était une vraie Viennoise. Fine, des pommettes hautes, une frange brune à la Louise Brooks. Même sans un sou, avec ses vieilles fripes des années de guerre, elle atteignait toujours l'élégance parce qu'elle connaissait le pouvoir de la simplicité. Dans ses dessins aussi. J'ai commencé à travailler pour la presse et lui ai déniché des petits contrats pour

des illustrations d'articles sur la mode ou des portraits. Son travail plaisait. Elle avait un don. Je lui disais toujours de ne pas dessiner aussi vite, que les patrons de magazines allaient croire que c'était trop facile, qu'ils ne paieraient plus. J'aimais la regarder faire. Son visage concentré, le désordre qu'elle créait autour de sa feuille... tout le cérémonial ou plutôt l'absence de cérémonial, son naturel, me plaisait. C'était elle, ce don mis en œuvre avec facilité, sans la dramaturgie fréquente chez les artistes, surtout les peintres, si souvent assommants.

« Nous n'avions pas vécu la même guerre. L'angoisse permanente, l'effondrement de son pays, de sa famille, de soi, de sa vie tout entière... Quand tu me parles de Hutchinson comme d'un camp, quand tu dis "logique concentrationnaire", tu fais fausse route, Florence. C'était honteux de nous parquer comme ça, oui, c'est sûr. Mais si j'ai souffert à un moment de ces mois passés sur l'île de Man, c'est plus tard, en dînant avec Friedl, en vivant avec elle. J'avais honte. Honte de ces conférences, de ces articles écrits pour le journal, honte de mon départ ensuite pour les États-Unis. C'était stupide, je le sais bien. Après tout, je n'étais coupable de rien, j'avais simplement saisi la possibilité de sauver ma peau. Mais tu as entendu parler du syndrome du survivant ? Il s'agissait d'une variante. Friedl n'était pas morte, certes, elle avait même eu de la chance au fond, mais... que

pouvais-je bien lui raconter de mes années de guerre ? Les après-midi de lecture face à la mer d'Irlande ?

« Je comprends ce que tu recherches, Florence. Faire la peau de l'ancien monde et des générations qui ont rendu ça possible. Nous plonger la tête dans nos erreurs. Les jeunes Autrichiens et les jeunes Allemands pensent comme toi. Ils veulent que leurs pays explosent en emportant les vieux et toutes leurs compromissions dans le souffle du boulet. Pourquoi pas… Nous ne l'avons pas volé, en quelque sorte. Mais si votre génération se détournait de cette rage contre le passé et de l'illusion enfantine de pouvoir améliorer l'avenir, elle deviendrait alors vraiment supérieure à la nôtre. Elle échapperait à l'histoire. Ce serait une première.

« Vienne était si étrange après la guerre, c'est difficile à imaginer aujourd'hui. Une ville de trafiquants, d'escrocs et d'espions. On se déplaçait parfois en empruntant un réseau de passages souterrains. Tu pouvais y croiser des groupes d'hommes silencieux ou des types solitaires qui venaient s'y cacher pour quelques jours. J'ai parfois l'impression que ces instants sous terre étaient plus réels que notre vie dans les cafés, mon travail dans les journaux, l'appartement dans lequel nous vivions. Et puis, très vite, on a compris que beaucoup d'anciens nazis continuaient leur vie comme cadres, fonctionnaires, commerçants… Ils étaient beaucoup plus nombreux que nous avions pu l'imaginer. L'Autriche tout entière a commencé à se raconter des histoires. Nous étions

les "premières victimes des nazis". Voilà le genre de choses que tu entendais de plus en plus, un peu partout. Ceux qui étaient restés ici pendant la guerre ont préféré y croire. Et, après tout, que faire d'autre à leur place ? C'était trop facile de leur dire qu'ils avaient tort quand on revenait, comme moi, bien nourri d'Amérique.

« Friedl allait de plus en plus mal. Les deux tableaux que tu regardais datent de cette période, quand son état s'est dégradé. J'y voyais le contrecoup de la guerre, les médecins aussi, et c'était sans doute vrai. Comment aurait-il pu en être autrement ? Mais cette seule explication n'était pas suffisante. En 1953, un médecin a prononcé le mot "schizophrénie". Nous sommes alors entrés dans une autre époque. Très vite, elle ne put plus peindre ni dessiner. Il a fallu la faire admettre à l'hôpital psychiatrique, à Steinhof. »

J'avais vingt-trois ans en 1974, je l'ai déjà dit. Ce récit, l'enchevêtrement des drames personnels et de ceux de l'histoire, excédait ma capacité d'assimilation. Malgré toute ma concentration, je peinais à suivre la voix d'Egon. Une faille se glissait entre nous et s'élargissait à chaque mot. Sa génération, heurtée de plein fouet par ce que peut produire la folie humaine, et la mienne, dont la révolte était proportionnelle au confort matériel, ne pouvaient que s'observer sans se comprendre. J'évitais de le regarder et l'écoutais sans quitter les tableaux des yeux. Parfois mon attention tentait d'échapper au destin de Friedl. Je pensais à l'heure tardive, au retour auprès de Martin, aux mensonges à inventer. Ces ennuis me rassuraient.

« Elle parlait de moi dans plusieurs de ses monologues, avec une haine évidente. L'hôpital m'a d'abord demandé de ne pas venir. Puis ma femme a donné son accord pour un jour de visite. Elle a choisi le jeudi. Tous les jeudis, donc, je montais là-haut, au Steinhof. Je n'ai jamais été très religieux, je suis de cette génération de Juifs qui a cru à l'assimilation. J'admire plus Marcel Proust que Theodor Herzl, si tu veux. Quand j'ai enseigné à Chicago, je prenais parfois un café le matin avec Saul Bellow, le romancier, qui était professeur dans la même université. Il disait souvent : "Si nous laissions Dieu un peu tranquille, il serait plus détendu et nous aussi. Si nous arrêtions avec nos délicates questions culinaires, par exemple." "Délicates questions culinaires"... c'est bien dit, non ?

« Je n'ai jamais vraiment cru en Dieu, disons-le comme ça. Ou alors, d'accord pour Dieu, pour son mystère, mais pas pour la religion et ses rites rassurants. Il n'empêche qu'à chaque visite je venais m'asseoir quelques minutes dans l'église Saint-Léopold, celle d'Otto Wagner, située juste au-dessus de l'hôpital. Ces murs blancs, cette clarté... Je trouvais que c'était de bon augure. Je restais sur une chaise, en silence. Peut-être est-ce ça, prier ? S'asseoir, se taire et

espérer que la suite ne se passe pas trop mal. Il m'arrivait de rester là longtemps avant de me décider à redescendre de quelques mètres, pour entrer dans les jardins de l'hôpital et retrouver Friedl. Je pourrais te décrire chaque voûte, chaque vitrail de cette église. Les luminaires sont fabuleux, tu devrais y passer un jour. Je ferais un bon guide touristique, mais dans un créneau très pointu : églises Art nouveau et asiles psychiatriques.

« Ces visites ne servaient à rien. J'ai longtemps tenté de me convaincre du contraire, mais c'était la vérité. À rien du tout. Comme la culture, la raison a ses limites. À un moment donné, elle capitule. Friedl me parlait à peine ou me hurlait dessus. Des insultes parfois destinées à d'autres, comme si elle ne me voyait pas. Mais je tenais bon : je venais tous les jeudis. Un an plus tard, elle confondait tout, me souriait quand j'entrais avant de me maudire quand je m'asseyais face à elle. Lors de mes dernières visites au Steinhof, je passais plus de temps à somnoler à l'église qu'avec ma femme. De toute façon, elle refusait de plus en plus fréquemment de me voir. Elle a ensuite perdu toute notion du temps. Alors je suis venu un peu n'importe quand, j'ai abandonné le rituel du jeudi. Puis j'ai espacé mes visites. Je voulais écrire. J'ai laissé passer deux semaines, un mois… Et je ne suis plus venu. Je me rendais tout de même aux rendez-vous avec les médecins. Mais j'évitais Friedl. Un jour, à l'automne 1957 je crois, les feuilles mortes encerclaient les murs blancs de

l'église, je l'ai vue en contrebas ; elle se promenait dans le parc. Voûtée, amaigrie, les bras tendus vers l'arrière, comme une enfant qui court. Puis je suis parti travailler six mois dans une université américaine. En 1958, on m'a annoncé qu'elle s'était tuée. Pendue, avec la complicité d'une autre malade. »

La nuit était tombée. Seule la lumière venue de la rue éclairait la chambre. Egon se baissa pour allumer une lampe de chevet à l'abat-jour vert forêt.

« Les docteurs ont cru que j'allais leur causer des ennuis, réclamer des explications sur sa mort. La guerre rend les hommes fatalistes, la paix en fait des procéduriers. Mais je n'ai rien demandé. Je me suis effondré durant six mois, une chute au ralenti, rien de spectaculaire, chaque jour quelques centimètres plus bas, et puis j'ai repris l'écriture d'un livre. Au fond, derrière la souffrance, j'étais vexé, je crois. Oui, vexé, piqué dans mon orgueil. J'ai toujours pensé que je voyais assez vite, en quelques jours, ce qui pouvait se passer avec une personne, si nous allions nous entendre, si elle était à fuir, s'il fallait la protéger… Avec Friedl, je me suis trompé sur toute la ligne. Je la croyais forte, une survivante de la guerre, prête à tout affronter.

« Les années suivantes, je me suis agité, j'ai voyagé, j'ai donné de nouveau des cours aux États-Unis et des

conférences. Je me suis remarié tout en sachant, cette fois, que cela ne durerait pas. Edith enseignait la littérature. Elle aimait mes livres. J'ai d'abord été pour elle une sorte de trophée de chasse puis je suis devenu un concurrent quand elle s'est mise à écrire. Elle attendait que je l'aide, que je lui fasse des remarques sur ses débuts de roman. Mais je suis comme tous les auteurs, moi, un égoïste ! On choisit ce métier, disons plutôt qu'il te tombe dessus, parce qu'on sait être seul. Tu peux retenir ça : méfie-toi de ceux qui ont toujours besoin d'un avis. Qu'ils nous foutent la paix, bon Dieu ! Qu'ils avancent tout droit, qu'ils triment en silence pendant des heures pour trouver le mot juste, la bonne tournure et ne quémandent pas la caresse comme des chiots... Parce qu'il ne faut pas se laisser berner, Florence, les assoiffés de conseils sont avant tout des avides de compliments, crois-moi. Dans les grandes lignes, c'est un peu ce que j'ai répondu à Edith quand elle m'a proposé un roman "à quatre mains", comme elle disait... Déjà que deux, tu ne sais pas trop quoi en faire. Nous avons divorcé trois ans plus tard et je suis revenu en Autriche, où j'ai trouvé cet appartement.

« Un matin, après le Café Sperl, mes pas m'ont mené au Steinhof, à l'église puis dans les jardins de l'hôpital. Rien de conscient, de prémédité. Je ne ressentais aucune tristesse. Je suis revenu le jeudi suivant. Puis tous les jeudis. Ça a l'air morbide, raconté comme ça, je m'en doute bien. Le type rongé par la culpabilité, empêtré dans le

culte d'une morte, une histoire à la Henry James... Mais ce n'est pas le cas. Je ne suis pas obsédé par Friedl. La majeure partie du temps, je ne pense absolument pas à elle, je suis tout à fait capable de reconnaître qu'elle était folle, un point c'est tout, que personne n'est responsable de sa mort. Ou alors personne et l'histoire, c'est-à-dire un peu tout le monde. Mais je n'oublie pas. Je reprends une vieille promesse, j'en fais un rite que je respecte sans réfléchir. À sa façon, Vienne a inventé de nombreux rites. Les concerts austro-hongrois qu'il ne fallait pas manquer, le divan de Freud, les lectures de Kraus que l'on n'aurait jamais loupées... Pour moi, j'y ai ajouté le jeudi au Steinhof et des matinées silencieuses dans l'église d'un Dieu dont je n'ai rien à faire. Franchement, le fils de Dieu envoyé sur Terre et qui se laisse trucider pour nos péchés, très peu pour moi. L'incarnation, c'est trop pratique, trop bien vu, ça tombe trop bien, comme le dénouement d'un roman de gare. On ne peut pas comprendre, imaginer, concevoir Dieu ? Eh bien, pas de problème, le voici sous forme humaine ! Non, je dois être encore trop juif pour ça. Mais plus je vieillis, plus je tiens à cette balade hebdomadaire. Tous les jeudis, je respecte une vieille promesse. Pour un égoïste comme moi, c'est une excellente hygiène. »

* * *

Les jours suivants, je me découvris un don pour le mensonge. Je trouvai, sans même y penser, le bon ton pour mes alibis, cette teinte grisâtre qui mêle le banal au naturel. Martin fut d'abord agacé par le report de son entretien, puis l'alternance reprit. Je retrouvais Egon chez lui après dix-sept heures. Il me déshabillait dans le couloir et j'entrais nue dans la chambre assombrie par les rideaux de velours.

Quand Martin s'étonnait de mes retours plus tardifs à l'auberge de jeunesse, je répondais par le travail qui n'avançait pas, la volonté d'approfondir mes recherches dans des bibliothèques. Je constatais, avec une certaine fascination, que plus le mensonge est gros, plus il convainc, et qu'il suffit de le répéter pour l'incruster dans la réalité.

Nous passâmes plusieurs soirées à l'American Bar, à enchaîner les verres de vin blanc autrichien puis les cognacs, assez pour que Martin échafaude de nouveaux voyages, des projets puis des idées de livres à écrire ensemble. J'acquiesçais, parfois j'en rajoutais en trouvant un titre provisoire pour un ouvrage ou en proposant un témoin à interviewer. La parole obéissait à la dernière zone de mon cerveau qui ne pensait pas à Egon, un camp retranché, acculé, dérisoire petite poche de résistance qui n'avait pas d'autres choix que de faire feu, d'aller dans le sens de Martin.

Je songeais à Egon en permanence sans même me rendre compte de cette exclusivité de pensée, totalement acquise aux possibilités de l'avenir, à une éventuelle « nouvelle vie » avec lui. Puis, la minute suivante, il me fallait affronter plusieurs courants contraires : que dire à Martin ? Et Egon Dartmann était-il du genre à coucher avec toutes les étudiantes ? Je relus à plusieurs reprises sa courte biographie au dos de À marée basse et refis le calcul : il avait bien soixante-trois ans. Quarante de plus que moi. C'est au nombre de fois que l'on revient se cogner aux faits les plus incontestables que l'on mesure la violence d'une passion. À mes yeux, aucune explication raisonnable ne tenait le choc. Egon Dartmann n'était ni un trophée ni un père de substitution pour moi. Sa démarche, ses gestes, l'intonation et le rythme de sa voix… Rien ne me semblait anodin ou inutile dans cette relation, rien ne se perdait, tout se transformait, chaque détail confirmait ce constat sans appel : j'étais amoureuse de lui et me destinais à l'être encore plus.

Un matin, je fus surprise par le retour précipité de Martin dans notre chambre. « Dartmann n'est pas venu. Le garçon de café ne l'a pas vu. Il dit qu'il ne connaît pas son adresse personnelle. » Nous listâmes toutes les explications envisageables. Une heure plus tard, je trouvai un prétexte pour m'absenter et courir frapper à la porte de l'appartement. Aucune réponse. J'attendis près d'une heure au bas de l'immeuble puis décidai de passer au Café Sperl. Personne. L'un des serveurs me confirma qu'Egon n'était pas venu de la journée. De retour à l'auberge de jeunesse, Martin me demanda si j'avais remarqué quelque chose d'étrange lors *de ma dernière conversation avec Dartmann. De nouveau, le mensonge vint facilement.*

Martin s'asseyait sur le lit, se levait, marchait, essayait de comprendre. À quatre jours du départ, chaque entretien comptait. Il avait encore de nombreux sujets à aborder. Je ne pouvais m'empêcher de penser qu'Egon avait disparu pour éviter la confrontation et me sentais flattée par cette dérobade, comme si le grand homme avait perdu son assurance par ma faute. Nous nous endormîmes nerveux, pour des raisons différentes. J'étais impatiente de retrouver Egon. Il me fallait simplement le revoir et le reste suivrait une pente logique, les événements s'enchaîneraient avec naturel. Mais il ne se montra pas. Toujours aucune réponse à son appartement, aucune trace au café. Je finis par revenir au Sperl en dehors de ses heures habituelles avec le secret espoir de déjouer une ruse. En vain. Alors que j'allais pénétrer dans la cage d'escalier de l'auberge de jeunesse, une main me retint par la manche de mon manteau. Le visage de l'homme m'était familier sans que je parvienne à l'identifier. Son imperméable était ouvert sur une chemise blanche et un gilet noir. Je reconnus d'abord l'uniforme puis l'un des serveurs du Sperl. Il avait dû m'attendre, ses joues étaient rougies par le froid. Il me tendit une enveloppe et dit avec un fort accent autrichien : « It's from Herr Dartmann *» avant d'expliquer qu'il devait retourner prendre son service.*

Je regardai l'enveloppe blanche, étrangement bombée. Mes doigts en extirpèrent d'abord un carton :

> *Florence,*
> *Faire fausse route n'est jamais grave mais persévérer dans la mauvaise voie est une faute.*
> *On se remet de tout, je te le promets.*
> *Cet œil veillera sur toi.*
> *Egon*

Au fond de l'enveloppe dormait l'œil du passé, la bague noire aperçue dans la boutique d'antiquités.

* * *

Mon sac de voyage ralentissait ma marche. Nous étions en retard, le train pour Munich partait dans vingt minutes. À une dizaine de mètres devant moi, Martin avançait d'un bon pas malgré un sac à dos surchargé et une imposante valise qui le faisait pencher sur la droite. J'avais attendu. Egon ne s'était pas montré. Être amoureuse d'un homme plus âgé que mon père et introuvable, mentir sans relâche à celui que je croyais aimer en arrivant ici… C'était lourd à porter. S'il n'existe pas de bons moments pour les choix difficiles, je découvris qu'il y en avait un pire que les autres : maintenant, sur ce quai de gare. Je lâchai brutalement mes sacs et m'arrêtai sans un mot. Martin se retourna au bout de quelques secondes et me découvrit immobile.

« Accélère, Florence ! On va finir par le louper ! »

Je le vis revenir sur ses pas, l'air exaspéré. C'était maintenant.

« Qu'est-ce qu'il y a ?

— Je ne rentre pas, Martin. »

Il me dévisagea, comme pour trouver des causes physiques à une décision aussi incompréhensible.

« Je ne pars pas. Je suis désolée.

— Qu'est-ce que tu racontes ? »

L'option du mensonge avait disparu. Je me sentais triste et soulagée.

« Qu'est-ce que tu as, Florence ?

— Je suis amoureuse d'Egon Dartmann. J'ai couché avec lui. »

Qu'est-ce qui m'avait empêchée de prononcer ces phrases plus tôt, dans le même ordre, avec le même ton ? Tout serait déjà derrière moi.

« Tu as couché avec lui ? »

Martin ne me parut pas furieux, plutôt sidéré. Je compris alors que sa discrétion sur mes retards des derniers jours, ce calme que j'avais identifié comme de la naïveté ou de la bonté née de la naïveté, n'était en fait qu'une facette de son instinct de survie. Florence avec ce vieillard ? Impensable !

En dessinant à l'avance la carte de l'envisageable, Martin avait pu rester insensible à l'éloignement évident entre nous.

« Et… tes études ? Ta thèse ?

— Je verrai. Pour l'instant, il faut que je reste ici. Dis ce que tu veux à la fac. Ou ne dis rien. Je m'expliquerai avec eux. »

Il m'arracha le sac que je tenais à la main droite, lança la valise sur mes pieds puis monta dans le wagon le plus proche. Je vis sa silhouette s'éloigner à travers les vitres aux angles arrondis.

***

Il me fallut d'abord négocier avec le patron de l'auberge de jeunesse pour obtenir un lit dans un dortoir. Mes finances ne me permettaient plus de conserver notre chambre. Puis je mis en œuvre un plan d'attaque : Café Sperl, appartement, retour au café à des heures différentes. Changement brutal de stratégie trois jours plus tard : je me contentai de faire le guet au bas de l'immeuble d'Egon. Échec sur toute la ligne. Peut-être avait-il quitté la ville ?

Les repas devinrent monotones – des saucisses fumées achetées dans les kiosques – puis s'espacèrent. Je prévoyais chaque jour un budget pour prendre au moins un café au Sperl. C'est ici, en parcourant les journaux présentés sur une table près de l'entrée, que je lus : Donnerstag. *Si Egon n'avait pas fui, s'il s'était retiré dans un hôtel pour écrire – ma nouvelle théorie, et peut-être même écrire sur nous, prolongement exalté de cette explication –, s'il était encore à Vienne, il tiendrait sa promesse du jeudi.*

* * *

Le bus peinait dans la côte. Peu à peu, tout ce qui faisait la personnalité de Vienne s'effaçait pour laisser place à ces immeubles banals, présents dans les périphéries de toutes les capitales d'Europe. Les passagers restaient silencieux, absorbés par ce paysage sans caractère. Nous descendîmes tous à l'arrêt situé devant l'entrée de l'hôpital psychiatrique. Il fallait passer par la porte de l'établissement pour gravir ensuite ses jardins. Quelques blouses blanches traversaient avec détermination ce décor calme, à peine troublé par la marche ralentie des familles venues visiter des patients. Ces derniers se reconnaissaient aux bas de pyjama dépassant de leurs manteaux.

L'église Saint-Léopold finit par surgir au-dessus des arbres. Un bloc blanc surmonté d'un dôme doré, éblouissant sous le soleil du matin. Je pensai au Sacré-Cœur, à Paris, bien que les deux architectures n'aient pas grand-chose en commun. Mais ce blanc, cette côte… et un vague air de famille byzantin. Le bâtiment d'Otto Wagner n'avait rien de religieux au premier abord. Il aurait pu s'agir d'un musée.

Sa coupole d'or évoquait le pavillon de la Sécession et le blanc de sa façade une de ces villas Art déco que l'on trouvait dans les proches banlieues de la ville. Rien de sacré, en tout cas. L'intérieur à la clarté parfois aveuglante selon les heures de la journée venait confirmer cette impression. Une église sans pénombre, sans recueillement possible, une église d'architecte, une idée d'église. Je m'assis sur l'une des chaises qui évoquaient plus la salle du conseil d'administration d'une grande entreprise que la messe du dimanche. Les luminaires, eux, tombaient en grappes dorées du plafond et n'auraient choqué personne dans le hall d'un grand hôtel. Saint-Léopold était à l'image de la Vienne du début du siècle : elle se voulait absolument moderne et cette obsession lui faisait perdre de vue l'essentiel de sa mission. Dehors, le point de vue permettait d'admirer toute la ville. Je fis le tour du bâtiment, le regard régulièrement aimanté par les reflets du soleil sur le dôme recouvert de carrés de cuivre étincelants. J'attendis Egon. Toute une journée, perchée sur le plus haut sommet de la ville, m'occupant parfois à situer les quartiers que je connaissais dans cet alignement de toits. Peu après dix-sept heures, une fois la nuit tombée, je repris le bus pour rentrer dans le centre-ville. Compact, sombre, recroquevillé sur lui-même comme s'il était taillé dans une seule pièce faite de bois et de cuir, l'American Bar de Loos m'apparut comme le négatif de l'église et me sembla étrangement protecteur.

Je revins à Saint-Léopold le jeudi suivant. L'église se laissait déchiffrer. Elle était construite autour des variations de lumière. La clarté aveuglante qui choquait lors des premières visites évoluait peu à peu vers un clair-obscur plus proche de la condition humaine que la pénombre théâtrale des cathédrales. Il régnait dans cette construction un ordre naturel, semblable à celui d'un paysage. Il fallait rester assis longtemps pour le comprendre. Tout semblait limpide, pensé, organisé sans pour autant multiplier les chapelles, les cloisons et les couloirs. Combien d'heures avait-il fallu à Otto Wagner pour placer cet autel, pour s'assurer qu'il serait visible de tous ? La clarté de l'intérieur avait-elle été choisie pour ne pas impressionner les patients de l'hôpital psychiatrique, premiers paroissiens du lieu ? Friedl venait-elle ici les fins d'après-midi, au moment où la lumière décline, où les murs immaculés se teintent d'ombre ? Priait-elle ? Ou criait-elle, marmonnait-elle entre ses dents comme on l'attend d'une folle, le regard perdu dans la mosaïque murale et son bleu nuit si proche de celui de ses tableaux ? Que pouvait bien en savoir Dartmann avec ses minables pèlerinages du jeudi pour apaiser sa culpabilité ? Friedl carbonisée par la guerre, Friedl tapie dans une ferme à la campagne puis libérée dans une ville qu'elle ne reconnaissait plus, lâchée parmi les anciens bourreaux reconvertis en comptables, en cadres, en médecins et désormais assis à côté d'elle dans les cafés. Et si Egon se sentait honteux d'avoir fui, que devrais-je penser, moi, très occupée à remuer les souvenirs des autres ? « L'histoire est politique »... quand on n'a pas à sauver sa vie, peut-être, pourquoi pas ? Quand on ne doit pas se terrer derrière les bottes de foin d'une grange du Tyrol... Oui, bien sûr, dans ces conditions, blottie dans les années 1970 molletonnées, l'histoire est politique, tout est politique même, ça ne coûte pas grand-chose et ça occupe.

Le troisième jeudi, après une nouvelle journée d'attente, je repris le bus et passai au Café Sperl sans aucun espoir, poussée par l'habitude. Puis, arrivée à quelques mètres de l'auberge de jeunesse, je vis une silhouette familière en conversation avec ma voisine de dortoir, une Écossaise qui travaillait comme guide dans un musée. Long manteau gris à boutonnage croisé, costume et chapeau de la même couleur muraille, une cravate plus claire, des chaussures noires, car « no brown after six *» ; un concentré d'Angleterre chimiquement pur : mon père. Je réussis à me cacher derrière un kiosque puis à courir dans une ruelle pour fuir discrètement.*

Je n'avais plus beaucoup d'argent, et hors de question de retourner à l'auberge pour prendre l'un des derniers billets dissimulés dans mes paires de chaussettes. J'achetai une saucisse fumée et la mangeai assise sur un banc, les mains raidies par le froid qui tombait avec la nuit. Mes finances me permettaient une séance de cinéma. Sur le Ring, le Burg Kino projetait Le Troisième Homme. *Je l'avais déjà vu mais le film m'importait peu ; je recherchais surtout un fauteuil et une salle chauffée. Je m'endormis trente minutes avant la fin. Egon, Martin, Orson Welles, mon père, son admiration pour Graham Greene, l'auteur du scénario... le réveil fut rude avec l'étrange sensation d'être cernée par tous ces vieillards. Même Martin paraissait plus âgé dans mon rêve.*

Le repli à l'auberge de jeunesse était impensable. Mon père avait sans doute promis une bonne somme à quiconque signalerait mon retour. On paie, on obtient. Réalisme britannique. Un autre cinéma ? Il devait bien y avoir une séance quelque part, mais je n'avais plus assez d'argent. En sortant dans le couloir, je remarquai une porte sur la gauche, peu avant le guichet de l'entrée. Personne derrière moi, pas d'ouvreuse en vue... je poussai le battant en bois qui s'ouvrit sur une autre salle. Le film avait commencé, du pur Technicolor qui tranchait avec le noir et blanc de la séance précédente. Je me faufilai discrètement au dernier rang. Sur l'écran, Cary Grant se promenait en costume à bord d'un paquebot transatlantique. Quelques scènes plus tard, il parlait avec une actrice rousse dont j'avais oublié le nom mais que ma mère aimait beaucoup.

Les deux personnages se fixèrent rendez-vous au sommet de l'Empire State Building. En voyant Cary Grant fumer nerveusement sur le toit du gratte-ciel, j'ai pensé à mes après-midi à Saint-Léopold, à l'impasse dans laquelle je m'engouffrais un peu plus profondément chaque jour. Je peux le dire aujourd'hui sans exagérer, la plus utile des leçons m'a été donnée par un film. L'année précédente, Martin m'avait emmenée voir La Maman et la Putain, *dans lequel le héros fait son lit en se jetant dessus, avec les draps dans les mains. Il dit : « Ça sert à ça, un film, à apprendre à faire un lit. » Ce n'était pas vrai. Un film, ça sert à comprendre ce que l'on ne peut pas saisir sur le moment, parce que la vie fonctionne ainsi, au rythme d'un décalage horaire perpétuel : le temps de la compréhension et celui de l'action ne coïncident jamais.*

Le lendemain matin, j'attendais mon père, assise sur le bord de mon lit dans le dortoir désert. Il vint peu après dix heures et prit ma valise sans un mot de reproche. « Demain, nous mangerons des beans *au petit-déjeuner. Même ta mère sera heureuse de les voir dans son assiette. »*

* * *

Je ne suis pas retournée à l'université et n'ai repris mes études qu'à la rentrée suivante. Un médecin, un vieil ami de la famille, a fourni un certificat décrivant « une grande fatigue nerveuse et un terrain anorexique nécessitant suivi ». Ce n'était pas totalement faux, du moins pour la première partie du diagnostic. Quant au terrain anorexique… on aurait pu le dire autrement : j'aimais un homme qui avait préféré disparaître, j'aimais un homme qui aurait, j'en étais persuadée, changé toute mon existence, j'avais entrevu une autre vie possible et trouvais absurde de me résigner à l'oubli sans que nous ayons tenté notre chance, sans que nous ayons couché ensemble ne serait-ce qu'une fois de plus. Ces pensées s'aggloméraient pour former un cap rocheux derrière lequel la vie quotidienne disparaissait. Manger ne me venait tout simplement pas à l'esprit.

En 1976, encouragée par un nouveau professeur, je me décidai à reprendre ma thèse sur Hutchinson. Les recherches, les salles de lecture, les formulations éternellement retravaillées… tout cela m'apaisa. Intégrer les propos d'Egon ne fut pas douloureux. Au contraire, cette étape me donna l'impression de ne pas avoir souffert pour rien.

Martin avait quitté la faculté pendant mon année de convalescence. J'eus indirectement de ses nouvelles lors d'une soirée avec mon amie Kathleen. Elle m'entraîna chez Bizzarre Records, un disquaire du quartier Highgate tenu par un Français à la barbe teinte en vert. Je ne prenais pas de drogues et me sentais donc un peu seule dans ce lieu. En plus, j'essayais d'échapper à un Hollandais qui me racontait ses souvenirs d'un voyage en Inde. Sagesse d'import-export, allusions au tantrisme, descriptions de paysages… Dans toute la gamme des dragueurs possibles, l'aventurier mâtiné d'humaniste est sans conteste l'un des plus éreintants. Pour lui échapper, je me mis à lire le New

Musical Express qui traînait sur une table. En page 5, une photo montrait Martin à côté d'un musicien nommé John Cooper Clarke, à l'allure de corbeau franchement anorexique pour le coup. Ce Clarke était également poète et n'hésitait pas à déclamer ses textes sur scène, parfois sans aucune musique. Martin organisait ses tournées. J'y vis le prolongement de sa passion pour les interventions publiques enragées de Karl Kraus.

Un matin de février 1977, alors que Londres semblait bien partie pour se dissoudre définitivement dans le brouillard et l'humidité, je lisais The Guardian dans un pub de Camden. La rubrique « Culture » s'ouvrait sur une photo d'Egon surmontée d'un titre : « Décès d'Egon Dartmann, la mémoire de Vienne ». Costume sombre, pochette noire. Il souriait légèrement sur le cliché. J'avais vu ce sourire une fois, au Sperl. « Attention, vous empiétez sur les plates-bandes de votre ami. »

Je pleurai en silence, protégée par le brouhaha de la salle. « … retrouvé mort chez lui des suites d'une crise cardiaque… » Je revis la chambre, les lampes aux arrondis végétaux, les lourds rideaux de velours, les tableaux de Friedl. J'aurais voulu pouvoir téléphoner à Martin, simplement pour savoir s'il avait appris la nouvelle. Les dernières pages du journal annonçaient le début d'un cycle « Grands classiques de Hollywood » avec la projection, à vingt heures, d'Elle et lui. Je pouvais arriver à temps. Les *larmes revinrent lentement, sans effusion ni sanglots. On se remet de tout, c'était vrai. On n'oublie pas mais on se remet de tout. Tant que ce moteur à deux temps fonctionne, il ne faut pas trop s'inquiéter.*

En 1977, j'avais vingt-six ans. Je ne savais pas encore qu'une thèse universitaire ne change absolument rien à la marche du monde, que l'histoire se déploie à son rythme propre, insensible à nos décisions et nos désirs, je ne savais pas non plus que le Spittelberg deviendrait le quartier le plus prisé de Vienne, encore moins que la vie s'arrange toujours, quoi qu'il arrive, pour nous réserver le rôle que nous maudissions quelques années plus tôt.

En 1977, j'étais encore jeune. Mais j'avais tout de même appris pas mal de choses.

QUATRIÈME PARTIE

TU ES PIRE QUE NEUF JOURS DE PLUIE (ÉPILOGUE)

1

Cet été, Pierre Varlin avait décidé de modifier sa tactique. Il passerait le mois d'août loin de Paris, chez Louis et Julie. Il fallait parfois changer ses habitudes, « penser contre soi », comme on le conseille souvent aux autres, plus rarement à soi-même. Ce choix lui avait semblé judicieux quelques semaines auparavant, mais aujourd'hui, cerné depuis quelques minutes par la foule des vacanciers dans le self-service d'une aire d'autoroute, un plateau à la main, un filet de poisson échoué sur un lit de riz sec dans son assiette, il doutait de sa nouvelle stratégie.

Soraya le rejoignit après avoir choisi son entrée. Ils s'étaient rencontrés trois mois plus tôt, lors du séminaire de leur entreprise. Elle avait dix ans de moins que lui, se passionnait pour le cinéma asiatique et parlait de leur travail avec distance et ironie. Ces vacances ensemble étaient en quelque sorte le faire-part officiel de leur couple.

Occupée à ouvrir un sachet de ketchup, Soraya expliquait, concentrée sur le petit paquet rouge récalcitrant, qu'elle redoutait la rencontre avec les vieux amis de Pierre. « En plus, j'ai acheté un vrai maillot de cagole, je ne sais pas ce qui m'a pris… je vais passer pour la cruche de service ! » Ils discutèrent quelques minutes de ce problème de maillot de bain, de l'effet qu'il était censé produire. Pierre relativisa. « Oui, mais on couche ensemble, tu manques de recul », lui répondit-elle sans sourire, avec cet humour à froid qui était le ciment de son charme.

Une fois les plateaux déposés sur de petits rails en fer, les déchets triés, ils retournèrent vers leur voiture de location. Virage en épingle pour rejoindre la bretelle de l'autoroute A7 et coup d'accélérateur pour se glisser dans le trafic dense de l'été… Oui, plus aucun doute possible, Pierre Varlin partait bien au mois d'août. Et une fois arrivé chez Julie et Louis, installé dans la maison du fond, il fit une autre découverte : le destin d'aoûtien n'était pas si abominable que ça.

Après deux jours de farniente, il évolua de ce constat positif mais encore hésitant vers un triomphe totalement assumé. Merde, il revenait tout de même ici en vainqueur ! Les faits parlaient d'eux-mêmes ! La dernière fois, il était seul, déprimé, enfermé dans une chambre minable du rez-de-chaussée à attendre le SMS d'une retraitée. Et, aujourd'hui, il débarquait avec une femme vêtue d'un maillot de bain spectaculaire dans un bungalow indépendant. Grosse ascension sociale ! Colossale *remontada* symbolique ! Il s'enfonça de quelques centimètres encore dans cette voie. La goujaterie le calmait. Comme c'était reposant de ne plus s'imposer de bonnes manières et de bons sentiments ! Comme c'était jouissif de ne plus accueillir son sort avec une dignité compassée et une lucidité admirable, forcément admirable ! Qu'il était délicieux de sentir son connard intérieur gambader, s'ébrouer, faire la roue, jeune chiot échappant à son maître.

Pierre passa quelques après-midi à méditer sur son nouveau statut – résumons : un connard qui part en août – puis se fondit dans la torpeur des après-midi provençaux. La canicule figeait tout, cet été-là : les branches des pins parasols (pas la moindre brise), l'eau de la piscine ainsi que les sautes d'humeur internes et invisibles de Varlin. Peu à peu, son connard intérieur regagna sa grotte.

Les repas du soir étaient plutôt gais. Avec son intuition si sûre et son sens de l'humour, Soraya avait rapidement fait la conquête de Julie et Louis. Ce dernier, plus que jamais à l'abri derrière son pont-levis relevé, ne posa pas une seule question à son ami, ne reparla plus jamais de la « face nord », cette expression qui avait d'abord paru stupide à Pierre – la vie entière n'était-elle pas une face nord ? – mais qui lui semblait désormais résumer parfaitement ces derniers mois. Une paroi abrupte, gelée et lisse, n'offrant aucune prise, dégringolade assurée, retour à la réalité, incontestable… 80 − 8 = 72.

Louis préféra se replier sur un territoire masculin sans grand relief mais bien balisé : la camaraderie, ce parc d'attractions situé en périphérie de l'amitié. Tout en servant généreusement du vin à table, il rappela de vieux souvenirs, des faits d'armes dérisoires (« Et là, il se trompe et démarre en marche arrière ! »), des virées avec des « Fanfan », des « Titi », des « Balou »… Diminutifs et surnoms sont indissociables du registre de la camaraderie. Soraya s'esclaffa à plusieurs reprises. Malgré cette ambiance agréable, malgré l'enfilade de bouteilles de rosé dans la cuisine, malgré les « Tu exagères ! » de Julie pour donner de la valeur aux anecdotes de son mari, il manquait quelque chose à ces soirées dont la pointe semblait étrangement émoussée. Anne avait préféré ne pas venir cette année.

Quand ils revinrent à Paris, la rentrée frémissait à feu doux. Août touchait à sa fin. Une nouvelle attendait Pierre au bureau : il avait été désigné pour intervenir dans un colloque international qui aurait lieu mi-septembre. Il partirait accompagné d'un collègue, Sylvain Bréchard. La manifestation se tiendrait à Vienne, en Autriche.

2

Chaque nuit, Florence ouvrait ses fenêtres et ses volets puis les refermait le matin avant neuf heures. Mais la manœuvre ne rafraîchissait plus l'appartement. Depuis une semaine, la canicule pesait de tout son poids sur Paris. Les journées se déroulaient dans une demi-pénombre pas désagréable qui donnait à son deux-pièces un air de demeure sicilienne. Du moins le voyait-elle ainsi. Le temps se faisait long, calfeutrée ici ; l'imagination était précieuse.

D'habitude, à cette époque de l'année, elle se retrouvait dans le sud de l'Angleterre, avec les épidermes rosis des Britanniques, le vent et les embruns. Mais, cet été, elle avait préféré rester chez elle. Les voyages la fatiguaient désormais. Les halls de gare et les aéroports, avec leur flux ininterrompu et anarchique de passagers, n'étaient plus pour elle. Elle s'y sentait fragile, menacée, déplacée même. Vieille, pour tout dire. Autant s'éviter ça.

Elle sortait une fois par jour, de préférence le matin pour éviter les grandes chaleurs et faire quelques courses dans son quartier. Les panneaux municipaux lui conseillaient de s'hydrater et, quand elle rentrait chez elle, ses filles lui téléphonaient pour lui demander si elle buvait assez d'eau. À partir de quand vieillesse et sénilité étaient-elles devenues synonymes pour l'ensemble de la population ? Depuis la fameuse canicule de 2003 avec tous ces vieux retrouvés morts chez eux ? Sans doute. Mais Florence y avait survécu, elle aurait dû au contraire imposer le respect, comme un poilu de la Première Guerre mondiale. Qui serait allé dire à un homme de 14-18 « faites bien attention aux obus » ou « n'inhalez pas les gaz chimiques » ? Auparavant, les vieux suscitaient l'indifférence, désormais une inquiétude constante, née de la culpabilité, les assiégeait. Florence ne savait pas ce qui était préférable. D'autant que l'on ne surveillait pas uniquement sa consommation d'eau. Chacun de ses choix était contesté ou, *a minima*, accueilli avec une légère consternation. Cet appartement, par exemple. Elle comptait y rester le plus longtemps possible. Mais cette simple déclaration provoquait les haussements de sourcils exaspérés de ses filles. Ne voyait-elle donc pas qu'il était trop étroit, « mal conçu », que l'ascenseur tombait trop souvent en panne, qu'elle allait finir par chuter dans l'escalier ou en manquant les deux marches qui menaient à sa chambre ? Deux marches qu'elle descendait tous les jours depuis plus de seize ans… Elle répondait parfois à ses enfants qu'elle s'était sortie de situations autrement plus périlleuses dans sa vie, que cet appartement ne lui apparaissait pas comme le plus redoutable des dangers à venir. Là encore : haussement de sourcils et d'épaules, soupirs irrités.

Mais elle ne lâcherait pas sur ce point. Du simple bon sens : à son âge, il fallait éviter les déplacements et les émotions inutiles. Voilà le secret d'une vieillesse réussie. On peut dépenser trop, boire exagérément, manger cinq fois par jour, mais il faut savoir être économe de ses déplacements tout comme de ses sentiments. Les deux épuisent. C'était devenu une certitude. Elle avait lu récemment dans la presse une série d'entretiens avec de vieux artistes et intellectuels sur le thème « Quelles sont les certitudes acquises à la fin d'une vie ? ». Si on l'avait interrogée, Florence aurait cité celle-là en premier. Pour le reste… Pendant longtemps, elle avait pensé qu'une décision difficile était toujours une bonne décision. Elle voyait là un théorème jamais pris en défaut et une certaine hygiène de vie. Mais elle n'en était plus du tout convaincue. Après tout, sa vie aurait-elle été si différente et si catastrophique si elle avait préféré, en toute chose, la facilité ? Pas sûr. Elle se promit d'y repenser. Avec la chaleur, elle dormait peu et avait le temps de se bricoler une sagesse de vieille dame. Ça plaisait toujours.

Elle se réveilla quelques heures avant le lever du jour. Sur la table du salon traînait depuis des semaines une ordonnance pour une prise de sang et un scanner. Les médecins étaient par essence des bourgeois prudents, ils ne jouaient à la loterie qu'avec un ticket gagnant. Bien sûr qu'à son âge ces examens allaient déboucher sur un doute, une inquiétude et d'autres tests. Ses filles auraient hurlé en découvrant l'ordonnance glissée négligemment sous la corbeille de fruits. Elles lui auraient rappelé avec consternation son cancer du sein, diagnostiqué et traité à temps, dix ans plus tôt.

Florence tenta de se rendormir, sans succès. Le sommeil s'était effiloché au même rythme que l'énergie physique ; avec l'âge, on est plus fatigué mais il devient impossible de se reposer. Le piège est remarquable. Allongée sur son lit, les yeux ouverts et rivés au plafond, elle mit alors la main sur un autre principe qui lui parut indéniable. Elle avait écrit ce livre sur son histoire avec Egon en espérant être lue par William (le vrai nom de Martin) et Pierre. Nos véritables intentions sont toujours voilées, nul n'agit à découvert. Une certitude de plus. À ce rythme-là, elle n'était plus très loin du livre de développement personnel.

3

La tour anguleuse de l'hôtel Melia s'élevait avec arrogance au-dessus de la capitale autrichienne. Pierre Varlin et Sylvain Bréchard y étaient logés au dernier étage pour toute la durée du colloque. L'intégralité des conférences se tenait dans les salons situés au rez-de-chaussée. Le soir, ils prenaient un verre sur le *rooftop*. Ils avaient vite sympathisé avec deux Irlandais, Kieran et Ian. Le programme intense de réunions et de débats leur laissait peu de temps pour les visites de la ville. Mardi, les organisateurs avaient prévu une excursion baptisée « Art nouveau in Vienna ». Pierre repéra l'église Saint-Léopold dans le circuit proposé. Il resta lire dans sa chambre.

Avant le départ, le nom de Sylvain Bréchard avait résonné comme une punition à ses oreilles. Mais il commençait à bien l'aimer, ce jeune type. Bien sûr, il aurait été simple de relever ses tics de langage agaçants, sa façon de dire « les équipes », de terminer ses mails par « hâte de vous lire » ou encore cette manie d'écrire chaque jour des posts en anglais sur les réseaux sociaux, comme s'il recevait un Golden Globe chaque matin. Bréchard s'épuisait à trouver en permanence un juste milieu en tout. Ainsi, il encourageait « la libération de la parole » mais précisait que « les militants radicaux exagéraient », il plaidait pour un modèle social solidaire mais s'enthousiasmait pour la liberté d'entreprendre en Angleterre, portait des costumes bleu marine mais avec des baskets blanches, s'enflammait pour plus de solidarité mais redoutait de faire fuir les plus aisés avec des taux d'imposition outranciers. On pouvait en rire. On pouvait aussi y deviner un Sylvain toujours entre deux eaux, hésitant, perdu, désireux d'échapper aux caricatures, de ne pas se ranger trop tôt dans un stéréotype social.

Pierre aurait aimé lui être utile et lui faire découvrir la théorie si libératrice du connard intérieur. Vas-y, mon Sylvain, lâche la bride à ce Bréchard revanchard, avide de hiérarchie brutale et de 4 × 4 rutilants ! Ne le juge pas, accepte-le, tends-lui une main fraternelle, laisse-le prendre la place qui lui revient puis renvoie-le à la niche et trouve, dans ce commerce quotidien, le vrai Sylvain Bréchard, conscient qu'il n'est en rien plus vertueux que les autres, que sa propre médiocrité rivalise sans peine avec celle du monde qui l'entoure, un Bréchard qui sera serein comme jamais auprès d'une Bréchardе qui appréciera cette force tranquille, maturée, patinée ! Mais leur relation n'en était pas encore au stade des conseils amicaux.

Un soir, installé au bar, Pierre attendait son collègue et les Irlandais pour sortir avec eux. Ian avait repéré un café dans un guide. Varlin échangeait des SMS avec Soraya. Elle lui manquait. Sa compagne plaisantait à propos de sa nouvelle amitié avec Bréchard quand ce dernier débarqua vêtu d'un pantalon de costume et d'un blouson en cuir fin sous lequel on devinait une cravate en tricot. Les deux hommes parlèrent de la conférence de l'après-midi et de l'intervention de Pierre, prévue pour le lendemain (sujet : « L'évolution du cadre contractuel en cas de litiges renouvelés »). Ils engagèrent ensuite la conversation avec l'un des barmans, un homme d'une quarantaine d'années, le crâne chauve entouré de deux oreilles disproportionnées et décollées comme les anses d'un vase. À travers les grandes baies vitrées, le ciel se couvrait. Il allait pleuvoir pour le reste de la semaine, selon le chauve.

« Tant que ce n'est pas pendant neuf jours, précisa-t-il.

— Pourquoi neuf ? demanda Sylvain.

— C'est un proverbe autrichien. Quand quelqu'un vous ennuie, vous déprime, vous dites "tu es pire que neuf jours de pluie".

— Mais pourquoi neuf ?

— Je ne sais pas, monsieur. Peut-être parce qu'on peut supporter une semaine de pluie, mais pas dix jours. »

Les Irlandais arrivèrent et le quatuor partit dîner dans un genre de taverne. Puis Ian guida les autres vers le bar repéré. La devanture clamait fièrement « American Bar » avec un drapeau étoilé en guise d'enseigne. À l'intérieur, des fauteuils en cuir encastrés entre le bois et les miroirs quadrillaient un minuscule espace d'une trentaine de mètres carrés. Pierre reconnut aussitôt le bar d'Adolf Loos dont parlait Florence dans son livre.

Les quatre hommes avaient déjà bu, ils continuèrent. Varlin appliqua sa méthode habituelle, picoler vite au début pour rejoindre et non subir l'ivresse des autres puis décélérer progressivement pour atterrir en douceur. Sylvain, lui, n'avait pas levé le pied depuis le verre de vin blanc de l'hôtel. Sa pondération naturelle en prenait un coup.

« Non, mais les Américains, hier, avec leurs nouvelles règles qui n'arrangent qu'eux. Mais... *fuck off* ! Pour qui vous vous prenez ? *Fuck*, c'est tout !

— *US go home!* » renchérit Kieran en tendant son verre pour trinquer.

Varlin suivait la conversation de loin. Il cherchait dans l'un des miroirs le reflet d'une Florence dans une longue veste de laine orange et rouge. Elle pouvait apparaître facilement, il le savait, il suffisait de fixer assez longtemps la surface lisse, de se laisser gagner par les souvenirs, pas les plus intenses ou les plus marquants, plutôt ceux que l'on n'a pas cherché à retenir, que l'on a concédés à l'oubli dans l'espoir de le duper. Le T-shirt Molière, la main sur la vitre d'un taxi, les points de suspension fantômes sur le téléphone, « emprise statue dingue »...

Ils quittèrent le bar peu après deux heures du matin. Sylvain aurait voulu trouver une autre adresse, « pour un dernier verre », dit-il, la voix pâteuse, les lèvres engourdies et le bras autour des épaules de Pierre. « Juste un dernier, quoi ! » Il passait d'un parapluie l'autre, pour crier dans l'oreille de ses compagnons de virée. « T'es un malin, Varlin ! Si, si, un gros malin ! » Un écart brutal vers la droite, puis retour contre l'oreille de Pierre. « Quand on m'a dit pour Soraya, moi, j'ai dit : "Non, pas poss' !" Mais bon, c'était vrai. Vrai ! Putain de vrai ! Et là, j'ai dit tout de suite respect ! Respect grand R ! Grand R de chez grand R ! Soraya, la killeuse... Sacrée prise ! » Il tenta de traduire sa sortie pour l'un des Irlandais. Sa voix résonnait dans la rue piétonne déserte. Imperturbables, les mannequins des vitrines regardaient passer le groupe avec un dédain évident. « *Soraya is really, really hot and this guy, this guy here, in front of you...* »

Ce centre-ville commerçant, propre, rythmé tous les dix mètres par des enseignes que l'on trouvait dans toutes les autres capitales du monde… Qu'en aurait dit Egon Dartmann ? Pierre se souvenait de l'histoire des souterrains lue dans *L'Œil du passé*. Il avait souvent pensé à ce réseau invisible, cette seconde ville enfouie sous l'autre. Ce mystère était loin désormais. Les communistes n'avaient rien compris à Vienne, soit, mais les autres non plus. Personne ne comprenait jamais rien au bon moment, de toute façon. Peut-être que Dartmann avait regretté Florence deux, trois, ou six mois après son départ de Vienne… Trop tard. En tout cas, il était mort quand il fallait, avant de voir ces rues piétonnes et ces vitrines. Il pouvait s'en féliciter. « *Soraya, man!* Et il l'a pécho ! *Like this!* Le senior dynamique ! Tranquille ! *Easy!* » Pierre aurait aimé être immédiatement téléporté dans son lit. Mais il ne regrettait pas cette soirée, elle n'avait pas été inutile, loin de là. Bréchard avait noué des liens solides avec son connard intérieur. Bonne nouvelle.

4

Le premier coup de téléphone retentissait généralement vers dix heures, suivi de deux ou trois autres dans la matinée. Offres pour de nouvelles fenêtres, travaux d'isolation financés par le gouvernement, produits d'assurance, forfaits internet plus avantageux… « Bonjour, madame, je suis Frédéric Martin et je vous appelle pour vous parler de la nouvelle… » « Bonjour, madame, je suis Dominique Porte, puis-je vous demander si vous êtes propriétaire de votre logement ? » Toujours avec le débit monotone d'une récitation d'enfant. Parfois, Dominique ou Frédéric demandait à parler à « monsieur Martel » et Florence répondait, d'une voix blanche : « Il est mort. » Leur silence gêné de quelques secondes la vengeait de ces appels incessants et inutiles. Ce n'était pas très charitable, ces gens n'avaient pas choisi ce métier, mais il fallait bien rendre les coups de temps en temps, même à son âge. Le personnage de la vieille dame digne avait ses limites.

Après le déjeuner, elle partit se promener dans son quartier puis s'arrêta pour lire dans un café. Elle se souvenait de sa mère disant « jamais je n'attendrais quelqu'un, seule, dans un café », comme s'il s'agissait d'une provocation hors de sa portée. Florence y avait passé de longues heures et ses filles n'y allaient plus vraiment ; elles préféraient commander des boissons à emporter. Fallait-il y voir une régression ? Ou au contraire une avancée du droit des femmes ? Difficile à dire. Elle reprit le roman américain qu'elle avait attaqué en début de semaine. Pas mal du tout, mais on sentait tout de même que l'auteur redoutait les sentiments, qu'il aurait aimé se débarrasser de ses personnages et de leurs ennuis au profit des idées. Pourquoi les entraînait-il alors dans de telles complications s'il ne les aimait pas ? Le chapitre consacré à cet avion qui s'était encastré dans la face nord de l'Empire State Building en 1945 l'avait néanmoins impressionnée. « Il y a tellement de brouillard que je ne verrais même pas l'Empire State », aurait dit le pilote peu avant la collision. Florence conjugua mentalement les images du 11 septembre 2001 aux plans du gratte-ciel dans *Elle et lui*. Elle n'allait plus beaucoup au cinéma ces derniers temps. Ses petits-enfants lui avaient créé un compte Netflix, mais elle ne l'utilisait jamais sans eux.

Elle aperçut son reflet dans un des jeux de miroirs du café. S'habiller était devenu de plus en plus compliqué. Elle ne voulait pas se laisser aller mais redoutait encore plus l'allure de la vieille femme qui s'endimanche dès qu'elle met le nez dehors. Ce chemisier vert trouvait un juste milieu entre les deux. Elle ne l'avait pas sorti de son placard depuis longtemps. La dernière fois, c'était lors d'un verre avec Pierre, leur première conversation un peu longue, si sa mémoire était bonne. La voix si spéciale de Pierre, son rythme et surtout son intonation étrange, toujours en équilibre entre la réserve et la franchise, à la lisière de la confession. Les discussions les plus banales gagnaient, avec ce timbre, une sorte de mystère, une patine.

Florence identifia la pente glissante de la nostalgie. Pas de panique, elle savait comment remédier à ce type de faiblesse. Privilège de l'âge. Seul traitement efficace : l'amputation immédiate, la plus rapide et brutale possible, passer sans ménagement à autre chose. Elle saisit son téléphone et appela aussitôt l'une de ses filles. Oui, ils arrivaient toujours jeudi pour passer le week-end à Paris, oui, les enfants seraient là, oui, ils dîneraient ensemble le jour de leur arrivée, sans doute à leur hôtel – au fait, buvait-elle régulièrement de l'eau ? –, et oui, ils lui écriraient la veille… Elle enchaîna immédiatement avec un coup de fil à son amie Nicole. Cette dernière avait son âge et ne se plaignait jamais – une rareté ! –, si ce n'est peut-être de son fils, éternel adolescent d'une cinquantaine d'années qui se prenait pour un artiste dans un studio trop cher pour lui, « un égoïste patenté, j'ai dû rater quelque chose dans son éducation », concluait Nicole avec une exaspération résignée et affectueuse. Les deux femmes comparèrent les avantages et inconvénients d'élever des filles ou des garçons. Voilà, la pente glissante était derrière elle. Quand elle fut de retour à son appartement, le téléphone fixe sonna. « Bonjour, je suis Camille Bertin et je vous appelle pour vous présenter nos nouveaux forfaits illimités… »

5

Le lendemain, la migraine sous le contrôle de l'aspirine, Varlin tint sa conférence. « *Very inspiring. Constructive exchange of ideas and best practices* », résuma Bréchard sur sa page LinkedIn. Quelques heures plus tard, Sylvain, attablé face à Pierre et une bouteille d'eau gazeuse, cherchait ses mots pour revenir sur la nuit précédente.

« Je crois que j'ai un peu... exagéré, hier. J'ai pas mal de pression en ce moment.

— Ce n'est pas grave.

— Je ne voulais rien dire qui aurait pu vous gêner ou offenser Soraya, bien sûr.

— Ça va, Sylvain. Je ne suis pas en sucre. Une cuite, ça arrive à tout le monde. Et on dit tous une connerie un jour ou l'autre. Il n'y a rien de grave, vraiment.

— Je voulais vous en parler. C'était important pour moi de vous le partager.

— De le partager avec vous.

— Pardon ?

— On dit "partager avec", mais c'est un autre sujet. En tout cas, pas d'inquiétude pour hier soir, d'accord ? »

Pierre retourna dans sa chambre pour téléphoner à Soraya. Elle ne répondit pas. Il alluma le poste de télévision. Encore quarante-huit heures ici. Dehors, la pluie noyait une nouvelle journée, avec méthode et obstination. Ça semblait bien parti pour neuf jours ou plus. Les eaux du Danube en contrebas viraient au brun foncé à mesure qu'elles montaient. Il enclencha le mode « *mute* » du téléviseur pour laisser défiler les images d'un jeu, commanda un burger en room-service et dîna un œil sur l'écran, l'autre sur l'édition du jour du *Guardian*, récupérée dans le hall.

Il s'assoupit une demi-heure et se réveilla plus fatigué encore, ensablé dans un souvenir qui semblait s'écouler directement du sommeil. Le rêve avait dû réactiver une zone endormie de sa mémoire. Il se revit lors de son unique nuit chez Florence, au moment de partir. « J'y vais. Reste couchée, ne te lève pas. » Le seul tutoiement entre eux. Qu'est-ce que ça pouvait bien vouloir dire, cette histoire de vouvoiement en 2023 ? Qu'est-ce que c'était, au fond ? Un bibelot qui prend la poussière ? Une de ces tenues trop excentriques achetée sur un coup de tête et que l'on ne met jamais ? Un tableau de maître trouvé par hasard au milieu d'un vide-grenier ? Une impasse ? Un refuge ? « Ce que nous avons eu de meilleur » ? Oui ? Non ? Alors, quoi ? Elle se rendort, il sort de la chambre en veillant à ne pas louper les deux marches qui l'avaient fait trébucher en arrivant. Il avance ensuite à pas précautionneux vers le petit hall d'entrée. Au mur, une photographie, accrochée dans un recoin, apparaît derrière un portemanteau. Florence, âgée d'environ trente ans, pose avec son mari et ses deux filles, l'une d'elles assise sur ses genoux. La jeune mère de famille est la seule à ne pas sourire, ou alors d'un sourire vague, à peine esquissé. Les autres fixent l'objectif, mais elle, elle tourne la tête vers la gauche du cadre, jetant dans cette direction un de ces regards sans objet, dénué d'attention et de volonté, un regard qui espère ne rien voir. La main qui entoure la taille de la petite fille porte la bague noire, le bijou scrute l'appareil photo avec insistance. Pierre ouvre la porte et la referme le plus doucement possible avant de prendre l'ascenseur resté à l'étage depuis leur arrivée. Il lui écrirait le lendemain, il avait envie de la revoir vite, dès son retour d'Angleterre. Quelque chose débutait. Impossible de dire ce que les semaines à venir leur réserveraient mais, à ce moment précis, jamais il n'aurait parié sur le silence qui allait suivre.

Ce regard perdu hors cadre, loin de sa famille… Peut-être pensait-elle à Vienne, à l'automne 1974 ? « On se remet de tout. » Cela restait à prouver.

La sonnerie de son téléphone l'extirpa de sa rêverie. C'était Soraya.

« Ça va ? »

Elle marchait dans la rue, la voix légèrement essoufflée.

« Désolée, je n'ai pas pu te rappeler plus tôt.

— Pas grave. Je ne fais rien ce soir. Je me repose.

— J'étais au cinéma.

— Tu es allée voir quoi ?

— Il n'y avait pas grand-chose. J'ai trouvé une séance pas trop tard en sortant du bureau. Une reprise, avec Cary Grant. *Elle et lui*. Tu m'en avais parlé, je crois.

— C'est possible, oui. Alors ?

— Pas totalement convaincue. Ça démarre bien mais ça s'embourbe, je trouve. Il y a des longueurs et des incohérences aussi, ce cache-cache entre les deux personnages qui ne se retrouvent jamais, difficile à croire… Bon, ça évite le mélo aux gros sabots mais j'ai trouvé que ça ronronnait quand même. Et toi, ta journée ? »

La conversation roula sur la conférence de l'après-midi, la suite du colloque, Vienne, Bréchard… Soraya évoqua sa soirée du lendemain, chez une amie. Elle aurait aimé que Pierre l'accompagne. Elle était impatiente de le retrouver ; lui aussi. Ils raccrochèrent.

Ce regard perdu hors cadre… Pensait-elle aux tableaux de Friedl ? À Deborah Kerr et Cary Grant dînant dos à dos sur le paquebot ? Aux pâtisseries du Sperl ? Après la lecture de *L'Œil du passé*, Pierre avait commencé la rédaction d'un message. Pour la féliciter, lui dire aussi qu'il avait acheté *À marée basse* de Dartmann, lu avec passion en trois insomnies, qu'il regrettait d'avoir raccroché si brutalement, qu'elle avait sans doute eu raison, qu'il espérait qu'elle allait bien. Ces lignes confuses dormaient toujours dans le dossier « Brouillons » de sa boîte mail. On se remet de tout. De toute façon, on n'a pas beaucoup d'autres options.

Varlin se leva pour prendre une bouteille d'eau dans le minibar.

6

Florence rejoignit la famille de sa fille à l'hôtel, une tour de près de quarante étages plantée juste à côté de la porte Maillot. Cet immeuble donnait l'impression d'avoir grandi trop vite par rapport au reste du quartier, comme ces adolescents aux membres disproportionnés et trop maigres. Elle était déjà venue plusieurs fois ici, dans les années 1980, avec son mari et un de leurs amis, Daniel, un architecte. Il n'avait pas dessiné ce gratte-ciel mais en faisait l'exégèse avec une verve enragée. Elle se souvint d'un dîner ici même, dans ce restaurant du dernier étage. Une jeune femme, architecte elle aussi, accompagnait Daniel. Elle devait bien avoir vingt ans de moins que lui et paraissait triste. Florence s'en était voulu de ne pas lui avoir parlé plus longtemps. Le dîner suivant, la jeune fille avait disparu et c'était au tour de Daniel d'avoir mauvaise mine. On n'échappe pas à ces vases communicants. Une nouvelle certitude à ajouter à sa liste.

La soirée était agréable. Sa fille paraissait moins fatiguée que d'habitude. Le gendre britannique avait des attentions de gendre britannique, chacune de ses phrases semblait provenir d'un « Guide du gendre britannique ». Ce mélange d'attention et de neutralité simplifiait beaucoup de choses. Florence pensa à son père, à son arrivée dans le dortoir de l'auberge de jeunesse viennoise. Pas un mot plus haut que l'autre : fille retrouvée, avion réservé, problème réglé. Le gendre britannique commanda un cognac.

« J'en veux bien un également, dit Florence.

— Maman…

— Ma chérie, les choses qu'on préfère sont illégales, immorales ou font grossir. Et, à mon âge, plus aucune de ces interdictions ne me concerne. »

Sa petite-fille éclata de rire. Florence pensa à son enfance. Jamais elle n'aurait osé s'esclaffer ainsi à la table des adultes. Rien à regretter, c'était beaucoup mieux aujourd'hui, avec Liz hilare à côté d'elle. Le digestif servi, elle trinqua puis se leva pour se poster près de l'immense vitre panoramique et admirer la vue nocturne, du haut du trente-quatrième étage.

7

Il regarde Vienne désormais plongée dans la pénombre. Vues à travers les gouttes de pluie qui constellent la fenêtre de sa chambre, les lumières semblent vibrer comme de minuscules flammes dans la nuit, des départs de feux lointains.

Elle s'approche au plus près de la baie vitrée du bar, le vide s'ouvre sous ses pieds. Sur la gauche, l'étendue lumineuse s'étiole peu à peu pour laisser place au bois de Boulogne, masse sombre et inquiétante qui vient conclure la ville.

TABLE DES MATIÈRES

PREMIÈRE PARTIE. Emprise statue dingue. 11

DEUXIÈME PARTIE. Voix off (remake) 67

TROISIÈME PARTIE. *L'Œil du passé* 71

QUATRIÈME PARTIE. Tu es pire que neuf jours de pluie (épilogue) 123

#lisez! engagé
Pour plus d'information :
www.lisez.com
Imprimé sur du papier issu de forêts gérées durablement.

Cet ouvrage a été achevé d'imprimer en mai 2024
dans les presses de Normandie Roto Impression s.a.s.
61250 Lonrai
Dépôt légal : août 2024
N° d'édition : 67604/01 - N° d'impression : 2402282

Imprimé en France